Trato de pasión
MAUREEN CHILD

HARLEQUIN™

Editado por HARLEQUIN IBÉRICA, S.A.
Núñez de Balboa, 56
28001 Madrid

I.S.B.N.: 978-84-687-0390-9
Depósito legal: M-23436-2012
Editor responsable: Luis Pugni
Fotomecánica: M.T. Color & Diseño, S.L. Las Rozas (Madrid)
Impresión en Black print CPI (Barcelona)
Fecha impresion para Argentina: 11.3.13
Distribuidor exclusivo para España: LOGISTA
Distribuidor para México: CODIPLYRSA
Distribuidores para Argentina: interior, BERTRAN, S.A.C. Vélez
Sársfield, 1950. Cap. Fed./ Buenos Aires y Gran Buenos Aires,
VACCARO SÁNCHEZ y Cía, S.A.
Distribuidor para Chile: DISTRIBUIDORA ALFA, S.A.

Capítulo Uno

–Creo que deberíamos casarnos.

Sean King se atragantó con la cerveza y, dejando la botella sobre la barra del bar, empezó a toser mientras miraba a la mujer que había estado a punto de matarlo con cuatro palabras.

Aunque ella merecía la pena.

Su pelo era casi tan negro como el de él, sus ojos de un azul más claro que el suyo. Tenía los pómulos altos, las cejas arqueadas y una expresión de fiera determinación.

Llevaba un vestido de verano en color amarillo que dejaba al descubierto un par de piernas fabulosas y unas sandalias con florecitas blancas que mostraban unos dedos con las uñas pintadas de rojo.

–¿Casarnos? ¿No crees que antes deberíamos… no sé, cenar juntos?

Ella miró al camarero, como para comprobar que no estaba escuchando la conversación.

–Sé que debe sonar un poco raro…

Sean soltó una carcajada.

–Raro es decir poco.

–Pero tengo mis razones.

–Ah, me alegra saberlo –Sean tomó otro trago de cerveza y dejó la botella sobre la barra–. Hasta luego.

Ella dejó escapar un suspiro.

–Te llamas Sean King y estás aquí para reunirte con Walter Stanford…

Intrigado, Sean la miró fijamente.

–Las noticias viajan rápido en esta isla.

–Incluso más rápido cuando Walter es tu abuelo.

–¿Abuelo? Eso significa que tú eres…

–Melinda Stanford –lo interrumpió ella, mirando alrededor.

Para ser la rica y mimada nieta del propietario de la isla, parecía un poco asustadiza.

–¿Te importa si seguimos hablando en una mesa? No quiero que nadie escuche la conversación.

Y Sean podía entender por qué. Proponerle matrimonio a un hombre al que no había visto en toda su vida no era la manera más normal de presentarse. Guapa, sí, pero no parecía estar bien de la cabeza.

Sin esperar respuesta, Melinda se dirigió a una mesa desocupada. Sean la observó, intentando decidir si debía seguirla o no.

Treinta años antes, el bar del hotel debía ser el más lujoso de la isla, pero esos días de gloria habían pasado. Los suelos de madera estaban tan deslucidos que ni varias capas de barniz podrían disimularlo. Las paredes necesitaban varias capas de pintura. Aunque aún quedaba algún toque *art deco*, pensó Sean. Los espejos redondos, las mesas rectangulares con marquetería o los apliques de las paredes estilo Tiffany. Era un sitio precioso, pero necesitaba una reforma.

Si fuera suyo, Sean tiraría la pared de la entrada para reemplazarla por una de cristal, de ese modo los clientes tendrían una fabulosa panorámica del mar. Conservaría el estilo *art deco*. Deformación profesional, pensó.

Pero aquel no era su bar y había una mujer preciosa, aunque rara, esperándolo.

Como no había quedado con Walter Stanford hasta el día siguiente y tenía varias horas libres de todas formas... Sean sonrió para sí mismo mientras se sentaba frente a ella, estirando las piernas.

Sujetando la botella de cerveza sobre el estómago, inclinó a un lado la cabeza para estudiarla en silencio durante unos segundos, esperando que se explicase. Y no tuvo que esperar mucho.

—Sé que has venido para comprar la parcela de North Shore.

—No es ningún secreto —dijo él, tomando otro trago de cerveza—. Seguramente todo el mundo en la isla sabe que los King están negociando con tu abuelo.

—Sí, es cierto —asintió Melinda, poniendo las dos manos sobre la mesa. De alguna forma, conseguía tener un aspecto cándido e increíblemente sexy al mismo tiempo—. Lucas King estuvo aquí hace un par de meses, pero no llegó a un acuerdo con mi abuelo.

Irritante, pero cierto, pensó Sean. De hecho, él mismo había tenido una conversación telefónica con Walter y no había ido bien. Y esa era la razón por la que había ido allí en persona.

Tesoro era una de las islas privadas más pequeñas del Caribe y Walter Stanford, que era prácticamente un señor feudal allí, tenía inversiones en la mayoría de los negocios y vigilaba la isla como un pastor alemán.

Su primo, Rico, quería construir allí un exclusivo *resort* con la ayuda de la constructora King, que pertenecía a Sean y a sus hermanastros, Rafe y Lucas. Pero antes tenían que conseguir la parcela, de modo que llevaban meses intentando convencer a Stanford de que un hotel de la cadena King sería estupendo para la isla porque crearía puestos de trabajo y atraería a turistas adinerados.

Rico había estado allí personalmente para hablar con Stanford, seguido de Rafe y Lucas, pero ninguno de los tres había conseguido nada. De modo que era el turno de Sean, cuyo encanto y simpatía solían convencer a cualquiera.

–Yo no soy Lucas –le dijo–. Y haré un trato con tu abuelo, te lo aseguro.

–No cuentes con ello, es muy cabezota –replicó Melinda.

–No conoces a los King. Nosotros inventamos el término «cabezota».

Suspirando, Melinda se inclinó un poco hacia delante y el escote de su vestido se abrió, permitiéndole ver un sujetador de encaje.

–Si de verdad quieres la parcela, hay una manera de conseguirla.

Riendo, Sean sacudió la cabeza. Sí, era guapísima, pero él no estaba buscando esposa. Conseguiría la parcela a su manera y no necesitaría ayuda de nadie.

–¿La única manera de conseguirla es casándome contigo?

–Exactamente.

–¿No lo dirás en serio?

–Completamente en serio.

–¿Estás tomando medicación? –bromeó Sean.

–No, aún no –respondió ella–. Mira, el problema es que mi abuelo está haciendo campaña para verme casada y con hijos.

Sean hizo una mueca. Sus hermanos y muchos de sus primos y amigos se habían casado últimamente, pero él no tenía intención de hacerlo. Ya había pasado por eso y había vivido para contarlo. Aunque nadie de su familia sabía nada sobre su breve y desastroso matrimonio.

Y no pensaba casarse otra vez.

–Pues buena suerte –le dijo.

Pero cuando iba a levantarse de la silla, ella lo tomó del brazo y el escalofrío que le provocó el roce de su mano lo pilló desprevenido…

Y también ella parecía haber sentido algo porque apartó la mano de inmediato.

No importaba, se dijo Sean. Podía sentirse atraído por una mujer sin hacer nada al respecto. De hecho, no se dejaba llevar por su pene desde que tenía diecinueve años.

–Al menos podrías escucharme –insistió Melinda.

Frunciendo el ceño, Sean volvió a sentarse. No estaba interesado en lo que pudiera decir, ¿pero por qué arriesgarse a ofender a un miembro de la familia Stanford?

–Muy bien, te escucho.

–Quiero que te cases conmigo.

–Sí, eso ya lo sé, ¿pero por qué?

–Porque es lo más lógico.

–¿En qué universo?

–Tú quieres la parcela para que tu primo construya un hotel y yo quiero un marido temporal.

–¿Temporal?

Ella rio suavemente, un sonido rico y musical, el pelo negro flotando alrededor de su cara como un halo.

–Pues claro –respondió–. ¿Pensabas que te estaba proponiendo un matrimonio de por vida? ¿Con un hombre al que no conozco?

–Eres tú quien me ha propuesto matrimonio incluso antes de decirme tu nombre.

–Sí, bueno… –Melinda se puso seria–. La cuestión es que cuando veas a mi abuelo, él va a sugerir la venta de la parcela a cambio de este matrimonio.

–¿Cómo lo sabes?

–Porque ya lo ha intentado cuatro veces.

–No lo intentó con Lucas o Rafe.

–Porque ellos ya estaban casados.

–Ah, es verdad.

¿Por qué estaba intentando darle sentido a aquella locura?

–Mi abuelo te ofrecerá la venta de la parcela a cambio de que te cases conmigo y yo te pido que aceptes. Será un matrimonio temporal.

–¿Durante cuánto tiempo? –Sean no podía creer que estuviera haciendo esa pregunta. Él no quería una esposa, temporal o no. Lo único que quería era comprar la parcela.

Melinda frunció el ceño, pensativa.

–Yo creo que con un par meses sería suficiente. Mi

abuelo cree que incluso un matrimonio arreglado podría convertirse en algo real si le das tiempo, pero yo no.

–Lo mismo digo –asintió Sean.

–Pero si estuviéramos casados, aunque solo fuera durante dos meses, mi abuelo pensaría que lo hemos intentado y, sencillamente, no ha salido bien.

–Y me has elegido a mí como marido temporal... ¿por qué?

Ella se echó hacia atrás en la silla, tamborileando sobre la mesa con los dedos. Intentaba parecer compuesta y calmada, pero no podía disimular su nerviosismo.

–He estado investigándote un poco.

–¿Qué?

–Oye, no voy a casarme con cualquiera.

–Ah, claro –dijo él, irónico.

–Tienes un título en Ciencias Informáticas y, al terminar la carrera, te metiste en el negocio con tus hermanastros. Eres un técnico, pero también a quien acuden todos cuando hay problemas –Melinda hizo una pausa y Sean la miró, perplejo–. Vives en una antigua torre de agua reformada en Sunset Beach, California, y te encantan las galletas que hace tu cuñada.

Frunciendo el ceño, Sean tomó otro trago de cerveza. No le gustaba nada que lo hubiera investigado.

–No te interesan los compromisos –siguió ella–. Eres un monógamo compulsivo...

–¿Qué?

–Que sales con una mujer después de otra. Tus ex novias hablan bien de ti y eso me dice que eres buena persona, aunque no seas capaz de mantener una relación.

—¿Perdona? —Sean no salía de su asombro.

—Tu relación más larga fue en la universidad y duró nueve meses, aunque no he logrado descubrir qué pasó…

Y no lo haría, pensó él, que ya había tenido más que suficiente. Guapa o no, estaba empezando a exasperarlo.

—Bueno, se acabó —le dijo—. Conseguiré la parcela y lo haré a mi manera. No estoy interesado en tus enredos, así que inténtalo con otro, guapa.

—Espera… —Melinda lo miraba con esos ojazos azules y Sean vaciló—. Sé que todo esto suena muy raro y siento mucho si te he ofendido.

—No me has ofendido —le aseguró él—. Pero no estoy interesado.

Melinda sintió una oleada de pánico. Había metido la pata, pero no podía arriesgarse a que Sean King la rechazase.

—Deja que empiece de nuevo, por favor.

Sean la miró, receloso, pero no se levantó de la silla y eso le pareció una buena señal.

¿Pero por dónde empezar? Desde que se enteró de la visita de Sean King había estado planeando emboscarlo, de ahí que hubiese hecho averiguaciones sobre su vida. Pero no había pensado cómo iba a explicar todo aquello sin parecer una demente.

—Bueno, deja que empiece otra vez —Melinda respiró profundamente–. La cuestión es que cuando me case tendré acceso a un fideicomiso con el que podré vivir toda mi vida. Quiero mucho a mi abuelo, pero él es un hombre muy anticuado que cree que las mujeres tienen que casarse y tener hijos. No para de buscarme marido y he pensado que si pudiera elegirlo yo...

–Muy bien, lo entiendo –la interrumpió Sean–. ¿Pero por qué yo?

–Porque esto nos beneficiaría a los dos –respondió ella–. Tú consigues la parcela y yo consigo el fideicomiso.

Él hizo una mueca, nada convencido.

–Podría pagarte por tu tiempo –sugirió Melinda.

–No pienso aceptar que me pagues por casarme contigo –replicó Sean, indignado–. No necesito tu dinero.

Esa reacción le dijo que había elegido bien. Miles de hombres habrían aceptado esa proposición, pero su fideicomiso, por importante que fuese para ella, seguramente no era más que calderilla para Sean King.

Y que se sintiera ofendido por la oferta dejaba claro que era un hombre con personalidad.

–Muy bien. Pero tu primo y tú queréis construir un hotel en Tesoro, ¿no?

–Sí.

–Y para eso, necesitáis una parcela.

–Claro.

–Y para conseguir la parcela me necesitáis a mí. Sé que no me crees, pero deberías hacerlo –dijo Melinda al ver que no parecía convencido–. Has quedado con mi abuelo por la mañana, ¿verdad?

–Veo que lo sabes todo.

–¿Por qué no cenamos juntos esta noche? Tal vez así pueda convencerte.

Sean esbozó una media sonrisa que la hizo tragar saliva. Era un hombre muy guapo que exudaba encanto y…

Y aquello podría ser peligroso, se dijo a sí misma.

–Cenar, ¿eh? –repitió él, dejando la cerveza sobre la mesa–. Muy bien, yo nunca rechazo la oportunidad de cenar con una mujer guapa. Pero te lo advierto: no estoy interesado en casarme.

–Lo sé. Por eso eres perfecto.

Sean sacudió la cabeza, riendo.

–Aún no tengo claro si estás loca o no.

–No, no estoy loca. Sencillamente, soy decidida.

–Guapa y decidida –murmuró él–. Una combinación peligrosa.

–Hay un restaurante muy bueno en la isla: Diego's. Nos veremos allí a las ocho.

–A las ocho en Diego's –le recordó él, levantándose–.

Melinda lo observó mientras se alejaba. Era alto y fibroso y se movía con la gracia de los hombres seguros de sí mismos. En realidad, Sean King era más de lo que había imaginado.

Solo esperaba que no fuese más de lo que ella pudiera manejar.

–¿Qué sabes de Melinda Stanford, Lucas? –Sean estaba en el muelle, mirando los barcos de pesca dirigirse a puerto, con el *smartphone* pegado a la oreja.

–Es la nieta de Walter –respondió su hermanastro.

–Sí, eso ya lo sé.

–¿Y qué más te interesa de ella?

–¿La conociste en la isla?

–Solo la vi un momento –respondió Lucas–. Mi estancia allí fue muy breve.

–Ya –asintió Sean, pensativo.

–¿Tenemos problemas? ¿El famoso encanto de Sean King no está funcionando?

–Ni lo sueñes. Te dije que conseguiría la parcela y lo haré.

–Pues buena suerte con el viejo. Creo que está inmunizado contra el encanto personal.

–Eso ya lo veremos –dijo Sean.

Capítulo Dos

–Un sitio muy romántico para tratar un asunto de negocios –comentó Sean mientras se sentaba frente a ella.

Melinda hizo un esfuerzo por sonreír, aunque no le apetecía. Aquello era demasiado importante y no debía cometer un solo error. Tenía que convencer a Sean King para que se casara con ella…

–No era mi intención buscar un sitio romántico, solo quería que estuviéramos tranquilos.

–Pues has conseguido ambas cosas –dijo Sean.

El camarero se acercó en ese momento para tomar nota y los dos miraron la carta antes de pedir la cena. Sean le pidió una copa de vino y apoyó los brazos en la mesa, esperando.

Su expresión seguía siendo inescrutable y Melinda no sabía si esa era buena o mala señal. Pero solo había una forma de averiguarlo.

–Siento mucho haberte soltado eso de repente.

Sean se encogió de hombros.

–No creo que haya una buena forma de proponer matrimonio a un extraño.

–Sé que todo esto debe parecerte muy extraño, pero debes entender que mi abuelo es muy protector conmigo porque soy su única nieta.

–¿Tanto que intenta casarte a toda costa?

Melinda se irguió en la silla. Ella podía quejarse todo lo que quisiera de su abuelo, pero no dejaría que nadie, especialmente alguien que no lo conocía, se metiera con él.

–Solo intenta protegerme, a su manera.

–Y si tú fueras una tímida doncella de la Edad Media, lo entendería –replicó Sean.

Aquello no había empezado bien, pero Melinda decidió pasar por alto sus comentarios. No lo entendía y era lógico.

–Mis padres murieron en un accidente de avión cuando yo tenía cinco años y mi abuelo se ha ocupado de mí desde entonces.

–Vaya, lo siento.

Sean frunció el ceño mientras tomaba la copa de vino que el camarero acababa de dejar sobre la mesa, pero Melinda seguía sin saber lo que pensaba porque su expresión era inescrutable. Ella, en cambio, solía ser directa y sincera… bueno, no estaba siendo exactamente sincera con su abuelo, pero llevaba años intentando hacerlo cambiar de opinión y era imposible.

–Mi abuelo pertenece a una generación que cree en proteger a las mujeres y se está haciendo mayor –Melinda suspiró–. Tú vienes de una gran familia y tienes una relación muy estrecha con tus hermanos. Esa es otra razón por la que te he contado mis planes, que entiendes la lealtad familiar.

–Sí, es cierto –admitió él–. Entiendo los motivos de tu abuelo, lo que no entiendo es por qué tú estás dispuesta a aceptar esa imposición.

Melinda tiró del bajo de su vestido, pero no conseguía que le cubriese las rodillas.

—Porque le quiero mucho y no quiero que se preocupe…

—¿Y?

Tenía razón, había algo más.

—Y, como te dije, una vez que me case tendré acceso a mi fideicomiso.

—Y casándote conmigo, no tendrás que preocuparte de que tu nuevo marido se marche con el dinero.

—Exactamente —asintió ella.

—¿Y cuánto duraría este matrimonio?

—Ya te lo dije, dos meses —respondió Melinda, más animada. Llevaba meses pergeñando el plan y, por el momento, Sean King seguía sentado frente a ella. No había dicho que sí, pero tampoco se había marchado—. Es tiempo suficiente para convencer a mi abuelo de que al menos lo hemos intentado.

—Y cuando nuestro matrimonio «fracase», ¿crees que intentará dejar de casarte?

—Sí, creo que sí —Melinda se mordió los labios—. Espero que sí. Estoy cansada de los hombres que intentan ganarse el favor de mi abuelo. Además, esta es mi única posibilidad de conseguir el fideicomiso a mi manera. Estaré casada, como él quiere, pero será un marido que habré elegido yo y la clase de matrimonio que yo quiero.

—Ya veo.

La brisa le movía el flequillo a Sean, levantándolo.

—Si aceptas, nos divorciaremos a los dos meses —siguió Melinda—. Yo conseguiré mi fidecomiso, tú conseguirás tu parcela y luego nos divorciaremos. ¿Qué te parece?

Sean seguía convencido de que aquella chica tomaba algo que no debía tomar. Y, sin embargo...

Pasando un brazo por el respaldo de la silla, la estudió atentamente.

Una noche cálida, vino fresco y una mujer preciosa sentada frente a él. En su mundo, todo eso sonaba perfecto. Melinda Stanford era perfecta. Era preciosa, de eso no había la menor duda. Pero tal vez estaba un poco chiflada.

Aunque eso no significaba que no fuera a tomar en consideración su propuesta. De hecho, llevaba horas pensándolo.

Su abuelo, Walter Stanford, había rechazado todas las ofertas de la constructora. No estaba interesado, por alta que fuera la cifra que le ofreciesen. O de verdad no le interesaba el dinero o estaba tan loco como su nieta. Pero no, el viejo no estaba loco. Era muy astuto.

Walter sabía lo que quería y no estaba dispuesto a aceptar menos. ¿Cómo podía un King criticar eso? Ellos hacían lo mismo; jamás aceptaban una negativa y nunca abandonaban cuando querían algo.

Sean sonrió al pensar que seguramente Walter y él se llevarían a las mil maravillas.

–¿Por qué sonríes? –le preguntó Melinda.

–¿Qué?

–Estás sonriendo.

Parecía molesta, como si creyera que estaba riéndose de su oferta. Una oferta que tal vez le había hecho ya a otros hombres, pensó entonces.

–¿Cuántas veces lo has intentado? –le preguntó.

Melinda frunció el ceño.

–Tú eres el primero.

–¿Y por qué yo?

–Ya te lo dije, he estado leyendo cosas sobre ti.

–Sí, pero debías haber decidido antes que yo sería el candidato o no te habrías molestado en hacerlo.

Ella se mordió los labios.

–Yo sabía que mi abuelo estaba en tratos contigo y cuando vi una fotografía tuya en una revista… en fin, me pareció que tenías un rostro afable.

–¿Afable? –repitió él–. Un gatito es afable, un ancianito es afable. Los hombres, especialmente los King, no somos afables.

–Ya lo estoy viendo –murmuró Melinda.

Le habían llamado divertido, guapo, inteligente y algunas veces frío o distante. Pero nunca afable. ¿Qué fotografía suya podría haberle dado esa impresión?

–¿Dónde viste esa foto?

–En una revista de cotilleos –Melinda se había puesto colorada, como si le avergonzase reconocer que había leído una de esas publicaciones–. Estabas en un partido de fútbol con uno de tus hermanos…

Sean asintió con la cabeza.

–Con Lucas. Todos los años vamos a juntos al primer partido de la temporada.

Pero si su secretaria no le hubiese enseñado la foto, no se habría enterado. Él nunca prestaba atención a los fotógrafos, siempre pendientes de la familia King.

–En la fotografía estabas sonriendo y parecías muy simpático.

–Bueno, eso es mejor que afable.

En general, Sean tenía una actitud relajada en los negocios, algo para lo que sus oponentes nunca estaban preparados. Pero en lo que se refería a las mujeres, la mayoría no lo describiría como afable. O, al menos, eso esperaba.

–La cuestión es que parecías un hombre con el que podría hablar de esto y cuando descubrí que ibas a venir a la isla personalmente decidí…

–Decidiste mentir a tu abuelo.

–No voy a mentirle porque en realidad nos casaríamos.

Sean tuvo que disimular una sonrisa. Aparentemente, Melinda Stanford jugaba con sus propias reglas y eso era algo que admiraba. Incluso podía ver que, desde su punto de vista, él era el marido temporal perfecto.

La cena llegó antes de que pudieran decir nada más y, durante unos minutos, se concentraron en sus platos. La comida era excelente, el ambiente mejor aún y la preciosa mujer que tenía delante era la guinda del pastel.

Melinda no parecía dispuesta a llenar el silencio con una charla incesante y Sean empezaba a relajarse. No era un silencio incómodo, al contrario. Era como si fuesen un equipo…

¿Un equipo?

–¿Has vivido aquí toda tu vida? –le preguntó.

–Desde los cinco años –respondió ella, volviendo la cabeza para mirar el mar. La marea había bajado y había una pareja paseando por la arena, a la luz de la luna–. Es una isla preciosa y, como mi abuelo no permite que los grandes cruceros atraquen aquí, los clientes suelen ser gente adinerada que busca intimidad.

–Lo sé –Sean asintió, sonriendo–. Los King también hacen sus deberes.

–Entonces sabrás que Tesoro es el sitio perfecto para construir el *resort* –dijo ella, dejando el tenedor y el cuchillo sobre el plato.

–Estoy de acuerdo.

Era más que perfecto, casi como si estuviera diseñado específicamente para ajustarse a sus planes. El hotel de Rico en México era muy moderno, precioso y elegante, pero el de Tesoro sería diferente. Su primo quería hacer algo especial, algo de lo que hablase todo el mundo.

Y con la constructora King detrás, lo sería. El proyecto básico ya estaba hecho, el equipo preparado para partir hacia la isla. Lo único que necesitaban era el beneplácito de Walter Stanford.

–También sería bueno para Tesoro –dijo Melinda–. Tenemos una pequeña constructora en la isla, mi abuelo la creó hace veinte años y creo que sería una gran ayuda para la tuya.

–Sí, claro.

Sean también sabía eso. Por supuesto, los King llevarían sus propios hombres, pero contratar gente de la isla haría que las cosas se movieran más deprisa y crearía buenas relaciones con los isleños.

Todo sería perfecto… si no le importaba casarse con ella para conseguirlo.

Los ojos de Melinda brillaban a la luz de las velas y

su sonrisa era tan bonita que Sean tuvo que hacer un esfuerzo para no besarla...

—¿Me estás escuchando?

—¿Qué? Sí, claro, la constructora.

—Estaba diciendo que esto podría ser bueno para todos. Tú consigues la parcela para el hotel, la gente de Tesoro conseguiría puestos de trabajo y...

—Y tú consigues tu fideicomiso.

—Eso es —Melinda tomó un sorbo de vino—. ¿Qué dices? ¿Te casarás conmigo?

Tres palabras que lo hacían sentir un escalofrío. Sean había jurado no volver a cometer el error de casarse, pero aquello era diferente.

La primera vez que dijo: «Sí, quiero» había sido un desastre. Esta vez conseguiría algo más allá de un divorcio rápido. Esta vez, él llevaría el control. Sería él quien dijese cuánto había terminado, él quien se diera la vuelta.

Y esta vez, su corazón no estaría involucrado.

De modo que asintió con la cabeza.

—Muy bien, trato hecho.

La sonrisa de Melinda lo dejó sin aliento.

Ella le tomó la mano y, como había ocurrido la primera vez, en cuanto rozó su piel sintió una descarga que le subió por el brazo hasta llegar a su torso, haciendo que le latiese el corazón.

Si Melinda había sentido lo mismo no se le notaba, de modo que intentó disimular, luchando contra una atracción que era más poderosa de lo que hubiera esperado.

—Solo hay una cosa más —dijo ella entonces.

—¿Qué?

—Nada de sexo.

Sean la observó en silencio durante un largo minuto hasta que, por fin, Melinda tuvo que apartar la mirada.

Aquella era una experiencia nueva para él. La mayoría de las mujeres se mostraban interesadas en conocerlo… incluso había rechazado a una chica muy guapa en el bar del hotel unas horas antes. Pero su pelo rubio y sus ojos castaños no lo habían atraído en absoluto porque no dejaba de pensar en Melinda Stanford.

La mujer que quería casarse con él, pero no acostarse con él.

¿Qué estaba pasando? No podía haber imaginado la atracción que había entre ellos. Y, desde luego, no estaba imaginando su propio deseo por aquella mujer. Si se hubieran conocido en otro sitio, en otras circunstancias, habría intentado seducirla para que pasasen juntos el fin de semana. Y no tenía la menor duda de que lo habría conseguido.

¿Entonces cuál era el problema?

—Nada de sexo –repitió Sean.

—¿Por qué complicar las cosas? Este es un acuerdo beneficioso para los dos, pero no un matrimonio de verdad, así que no veo por qué…

—Vamos a acostarnos juntos.

—Eso es –asintió Melinda.

—Ah, vaya, esto mejora por segundos –murmuró Sean.

—Solo serán dos meses –le recordó ella–. No creo que eso vaya a matarte.

–Creo que conseguiré controlarme –dijo él, burlón. Aunque debía admitir que no sería una fiesta. La deseaba y estar casado con ella… ¿aumentaría la atracción con el tiempo y el roce?

Tal vez debería llamar a Rico para preguntarle si estaba dispuesto a construir el *resort* en otro sitio. Pero él sabía que era Tesoro o nada. Aquel sitio era perfecto para lo que querían.

Cualquiera que quisiera hacer negocios allí tenía que lidiar con Walter Stanford y Stanford era un hombre que conocía el valor de la privacidad, lo cual era perfecto para el *resort* que tenían en mente. Los multimillonarios irían allí para disfrutar lejos de los grupos masivos de turistas y, sobre todo, de los *paparazzi*.

Todo era perfecto.

Salvo por el asunto del matrimonio.

–Además… –empezó a decir ella.

–¿Hay más? ¿Tienes una mazmorra en la que piensas encerrarme? O tal vez quieras que viva a pan y agua durante los próximos dos meses.

–No digas tonterías.

Sean sacudió la cabeza.

–Quieres que nos casemos y vivamos juntos, pero vas a privarme de lo más divertido del matrimonio.

Melinda se aclaró la garganta, nerviosa, y Sean supo que sentía lo mismo que él. ¿Cuánto tiempo aguantaría la regla del celibato?, se preguntó, sin poder disimular una sonrisa. Aquello empezaba a ponerse interesante.

–No vamos a hacerlo por la diversión…

–Claramente.

–Y hay otra cosa… esta es una isla muy pequeña, así que no podrías acostarte con nadie más. Mi abuelo lo descubriría enseguida.

Sean se puso tenso.

–Cuando doy mi palabra, la cumplo.

Melinda asintió con la cabeza.

–Solo quería dejarlo claro.

–Está claro, no te preocupes.

–¿Entonces seguimos adelante?

Sean miró esos ojos azules y se dijo a sí mismo que era un error, pero no encontraba otra manera de conseguir lo que quería.

–Sí, seguimos adelante.

No podía creer que fuera a hacerlo. No podía creer que fuera a casarse otra vez. Y esta boda no sería más real que la anterior.

Pero al menos estaba seguro que el matrimonio no significaría nada.

Capítulo Tres

Walter Stanford, un hombre alto de pelo blanco, rondaba los setenta años, pero sus sabios ojos azules parecían los de un hombre mucho más joven. Sentado tras el escritorio de su biblioteca, miraba a Sean con ojos serios y él sostuvo su mirada sin pestañear. Sabía muy bien que el primero que hablase perdería poder, de modo que guardó silencio, esperando que Stanford diese el primer paso.

La suite de Walter Stanford ocupaba la mitad de la planta superior del hotel, la suite de Melinda ocupaba la otra mitad. Era un establecimiento elegante de estilo europeo, pero ligeramente descuidado, como si hubiera visto tiempos mejores.

Y Sean tuvo que preguntarse si Stanford sería tan rico como decían.

Había notado un par de manchas de humedad en el techo y otros detalles. Nada que llamase demasiado la atención, solo pequeñas advertencias: molduras cuarteadas, marcas en el suelo de madera...

Por supuesto, eso no demostraba nada. Tal vez Walter estaba demasiado ocupado o no tenía tanto interés por el hotel como para arreglar esas minucias. O tal vez el viejo necesitaba aquella venta más de lo que quería dar a entender.

Sean sonrió para sí mismo.

–Ha conocido a mi nieta –dijo Walter por fin.

–Sí, claro. Parece muy… afable –respondió él, usando la misma expresión que había usado Melinda, como una especie de broma privada.

Los tres habían estado charlando unos minutos antes, pero en cuanto Melinda se marchó, Walter no parecía dispuesto a perder el tiempo.

–Permítame ser franco –le dijo, apoyando los codos sobre el escritorio–. Usted quiere construir un hotel en mi isla, yo quiero que mi nieta sea feliz.

Sean cruzó las piernas, haciéndose el tonto.

–¿Qué tiene que ver una cosa con otra?

–Es usted soltero, rico, razonablemente apuesto…

–Gracias.

–A mí me gusta poner las cartas sobre la mesa.

–Siempre es mejor saber lo que lleva el adversario –asintió Sean.

–Estupendo –dijo Walter–. Entonces iré directo al grano: quiero que se case con mi nieta. Cuando lo haya hecho, la parcela será suya.

Si Melinda no lo hubiera preparado el día anterior, se habría caído de la silla. Pero incluso preparado tuvo que disimular su sorpresa. Era asombroso que en el siglo XXI las mujeres siguieran sirviendo como moneda de cambio.

Por supuesto, aquella mujer había hecho el trato por sí misma y había negociado muy bien.

Walter estaba esperando una respuesta, pero Sean pensó en lo que estaba a punto de aceptar. Casarse, aunque fuera temporalmente, era una decisión enorme. No quería hacerlo, pero había pasado despierto gran parte de la noche intentando encontrar otra forma de conseguir lo que quería… y no se le había ocurrido ninguna.

Como, sin duda, Melinda habría imaginado.

Los Stanford eran lo bastante cabezotas como para ser de la familia King, pensó.

–¿Y qué piensa Melinda al respecto, señor Stanford?

Walter frunció el ceño.

–Mi nieta lo entiende. Sabe que sería bueno para ella, para la familia, para la isla.

Sean experimentó una súbita oleada de ira. Si Melinda no le hubiese tomado la delantera sería una joven sacrificada por el bien de la isla.

¿Quién hacía cosas así?

Sean intentó leer lo que había en sus ojos, pero el viejo debía ser un gran jugador de póquer porque su expresión era indescifrable.

–Bueno, ¿qué dice?

Podría decir muchas cosas, pensó Sean. Por ejemplo, que su nieta no debería ser moneda de cambio en un acuerdo comercial. Un par de horas con ella le habían dejado claro que Melinda era una chica inteligente…

En realidad, debería decirle a ambos que se fueran al infierno y se llevaran su isla con ellos.

Y también podría contarle que su nieta estaba llenando su cabeza de tentadores pensamientos que no podían llegar a ningún sitio, que un simple roce de su mano era suficiente para encender un fuego en su interior que seguía ardiendo durante horas.

Pero no podía decirle nada de eso.

—Estoy de acuerdo —se oyó decir a sí mismo.

Y, de inmediato, vio un brillo de sorpresa en los ojos de Stanford. Aparentemente, no podía esconder todos sus sentimientos. O tal vez no quería hacerlo.

—¿Ah, sí? —Walter se echó hacia atrás en la silla—. Perdóneme, pero me sorprende que acepte tan rápidamente.

Sean sonrió.

—¿Ha cambiado de opinión?

—No, en absoluto. Pero pensé que sería más difícil convencerlo.

—Melinda es una mujer guapísima.

—Lo es. Y además de belleza, tiene otras cualidades.

—Supongo que sí —asintió Sean. Aunque ya sabía lo inteligente que era su nieta—. Una vez casados, tendremos mucho tiempo para conocernos.

—Ya.

—Imagino que me habrá investigado.

—Así es.

—Usted me ha hecho una oferta y yo he aceptado —dijo Sean—. Fin de la historia.

Walter lo miraba como esperando que cambiase de opinión y Sean tuvo que disimular otra sonrisa. ¿Imponía un matrimonio a un extraño y cuando el extraño aceptaba empezaba a pensárselo? Pues era demasiado tarde para eso.

Levantándose de la silla, Sean le ofreció su mano.

—Iré a darle la noticia a mi prometida. Luego llamaré a mis hermanos y les diré que podemos empezar la construcción del hotel.

Walter se levantó también para estrechar su mano.

–Podrán empezar a construir el día después de la boda.

Sean enarcó una ceja.

–¿No confía en que cumpla mi palabra?

–Si no confiase en usted no le habría pedido que se casara con mi nieta. Digamos que prefiero tener cubiertas todas las bases.

–Muy bien. Haré que mis abogados le envíen un fax esta misma tarde.

–Y mi abogado tendrá un contrato redactado para usted mañana mismo.

Sean sostuvo la mirada del hombre y, por un momento, mantuvieron una conversación silenciosa. Dos hombres, los dos poderosos, y los dos pensando en la misma mujer.

«Espero que sepas lo que haces».

«Mi nieta y tú os llevaréis bien».

Si eso era lo que Walter creía, estaba muy equivocado y, por un momento, se sintió culpable. Pero entonces recordó que no había sido idea suya. Si Melinda había decidido que era lo mejor, ¿por qué iba a importarle a él?

Sean sonrió.

–Iré a ver a Melinda para decírselo.

–Tal vez podríamos cenar juntos… para hacer planes. ¿Digamos a las ocho en mi suite?

–Muy bien, de acuerdo. Imagino que usted se encargará de los detalles de la boda.

Walter asintió con la cabeza.

–A finales de semana será un hombre casado.

A finales de semana.

¿Tan pronto? Pero había tomado una decisión, se dijo Sean, y no pensaba echarse atrás.

–Melinda es una mujer fuerte y de gran corazón. Recuerde eso, King.

–Lo haré –Sean salió de la suite en busca de la mujer de buen corazón… y que, además, negociaba bien.

A la mañana siguiente, Sean miraba su ordenador esperando que se conectase la videollamada y, al ver su reflejo en la pantalla, hizo una mueca. Parecía un cadáver. Eso le enseñaría a beber coñac con un anciano que probablemente tenía coñac corriendo por sus venas, pensó.

Stanford había querido brindar por el trato y a Sean no se le había ocurrido ninguna razón para no hacerlo. Pero horas después de escuchar innumerables historias sobre la isla y la infancia de Melinda, todas regadas con vaso tras vaso de coñac, había salido trastabillando de la suite.

Apenas había podido pegar ojo, esperando que la habitación dejase de dar vueltas. Y cuando por fin se quedó dormido, en sus sueños era perseguido por Walter Stanford, que reía como un maníaco mientras Melinda le tiraba ramos de novia a la cara.

–No se te ocurra analizar el sueño –murmuró.

Cuando tosió, sintió que su cabeza estaba a punto de explotar. Estaba alargando una mano para tomar un bote de aspirinas cuando el rostro de su hermano Rafe apareció en la pantalla.

–Sean… vaya, qué mala cara tienes.

Gracias a la videoconferencia, Sean no podía disimular su resaca y, por primera vez en vida, maldijo la tecnología.

–Gracias, Rafe. Yo también me alegro de verte.

–¿Tienes resaca?

–Veo que eres muy observador –Sean intentó abrir el bote de aspirinas.

–No es que sea observador. Con esas ojeras y guiñando los ojos para evitar el sol como si fueras un vampiro…

¿Por qué no había esperado unas horas antes de llamarlo? O al menos podría haber cerrado las cortinas. Pero no lo había hecho porque no tenía fuerzas.

–¿Qué pasa? –le preguntó Rafe–. ¿Has cerrado el trato?

–Sobre eso…

–¡Maldita sea!

–¿Te importaría bajar la voz? –Sean se frotó la frente, aunque sabía que no serviría de nada. Por fin, consiguió abrir el bote de aspirinas y tomó dos.

–Muy bien, voy a calmarme –dijo Rafe–. Pero cuéntame qué demonios pasa.

–Es una larga historia y prefiero contarla solo una vez. ¿Lucas está en la oficina?

–Eso no suena bien… espera un momento –su hermano pulsó el interfono–. Marie, dile a Lucas que venga.

–¿Marie? ¿Secretaria nueva?

–Sí –admitió Rafe–. Katie ha insistido en que contratase a alguien más porque me quiere en casa a la hora de cenar.

Podría parecer que estaba quejándose, pero Sean sabía que Rafe estaba loco por su mujer. Y era comprensible. Su mujer era un encanto y hacía las mejores galletas del universo.

—¿Cómo está Katie?

—Genial —contestó Rafe, con una radiante sonrisa. Asombroso lo que Katie había hecho por el adusto Rafe King—. Te ha guardado una bandeja de galletas de chocolate con pistachos.

Sean hizo una mueca. En circunstancias normales habría sido una agradable sorpresa, pero en aquel momento la idea de comer algo le revolvía el estómago.

—Dale las gracias de mi parte.

Rafe se volvió y le hizo un gesto a Lucas para que se sentara a su lado.

—¡Qué mala cara tienes! —exclamó su otro hermanastro.

Sean suspiró.

—Parece que hay consenso sobre eso. ¿Cómo está el niño?

—Danny está muy bien —respondió Lucas, con una sonrisa de oreja a oreja—. Juraría que esta mañana ha dicho «papá».

Lucas estaba convencido de que su hijo era un genio… ¿y quién era él para discutir?

—¿Estás ahí de fiesta con alguna rubia cuando deberías estar cerrando el trato con Stanford?

—Porque las rubias pueden esperar hasta que hayamos firmado —añadió Lucas.

—Lo que tiene que hacer es olvidarse de las rubias por el momento.

–Pues eso es lo que digo…

Sean esbozó una sonrisa. Su padre, Ben King, nunca se había casado, pero todos los veranos reunía a sus hijos en su rancho de California. Durante tres meses al año, los King eran hermanos de verdad y habían forjado un lazo que se hacía más fuerte con el paso de los años.

Pero la sonrisa desapareció al pensar en su madre, demasiado frágil para lidiar con los obstáculos que la vida ponía en su camino. Demasiado frágil como para dejar al hombre con el que se casó, incluso cuando empezó a maltratarla…

–¡Sean!

Él levantó la cabeza y se aclaró la garganta.

–No hay ninguna rubia.

–¿Entonces qué te pasa?

–Es morena.

Aunque eso tampoco describía el pelo de Melinda, que era más bien del color de la noche, cuando los sueños y las fantasías de un hombre parecían reales…

Sean sacudió la cabeza. Iban a ser dos meses muy largos, pensó. No poder tocarla sería un infierno porque, aunque la había conocido veinticuatro horas antes, la deseaba como nunca había deseado a nadie.

–Ya sabía yo que había una mujer –se quejó Lucas.

–Deja que hable –dijo la voz de la razón, Rafe.

–No sé por dónde empezar –admitió Sean. Habían sido veinticuatro horas muy extrañas y ni él mismo creía lo que había pasado.

–Empieza por la parcela –lo animó Lucas–. ¿La tenemos o no?

–Tengo buenas noticias y malas noticias –empezó a decir Sean.

–Perfecto –murmuró Rafe.

–Empieza por las buenas –sugirió Lucas–. Así tendré fuerzas para las malas.

–La buena noticia es que tenemos la parcela.

Sus hermanastros soltaron una exclamación de alegría.

–¿Por qué no lo has dicho antes? –preguntó Rafe.

–¡Yo sabía que la conseguirías! –exclamó Lucas–. Anoche le dije a Rose que nadie es capaz de negarte nada cuando te pones encantador.

–Sí, bueno… –él hubiera estado de acuerdo unos días antes, pero desde que conoció a Melinda Stanford debía admitir que su encanto tenía límites.

–Bueno, danos la mala noticia –dijo Rafe.

–En realidad, no creo que sea tan mala. Tenemos la parcela y podemos empezar a construir…

–Deja que termine, Lucas.

Sean suspiró.

–Bueno, el caso es que… voy a casarme.

Silencio.

Sus hermanos lo miraban, perplejos.

–¿Casarte? –repitió Rafe.

–¿Estás loco? –le espetó Lucas.

–¿Con la morena?

–La misma, Melinda Stanford.

–¿La nieta de Walter?

–¿La has conocido, te has enamorado y has pedido su mano en veinticuatro horas? –exclamó Rafe.

–¿Quién ha dicho nada de amor?

–¿Entonces por qué vas a casarte?

–He hecho un trato con Melinda: me caso con ella y conseguimos la parcela.

–Esto es llevar las cosas demasiado lejos –opinó Lucas.

–Ya está hecho. Hemos llegado a un acuerdo y pienso cumplir mi parte.

–¿Por qué?

–Porque no había otra manera de conseguir la parcela.

–Estás loco.

–No, no lo estoy –replicó Sean, irritado–. Será un matrimonio temporal y en dos meses nos divorciaremos, pero seguiremos teniendo la parcela.

Lucas sacudió la cabeza, como si no supiera qué decir, pero Rafe no tenía ese problema.

–No puedes hacer eso, Sean. Casarse de ese modo no es…

–¿No es qué?

–No es lo que queremos para ti –respondió su hermano mayor–. Cuando te cases, deberías hacerlo con alguien con quien quieres pasar el resto de tu vida.

Sean apretó los dientes para no decir que casarse no significaba eso para todo el mundo, que él ya lo había intentado y no estaba interesado en repetir el error, que la única razón por la que había aceptado aquella farsa era para que su familia consiguiera lo que quería… y porque tenía una cláusula de escape.

Sus hermanos estaban felizmente casados con mujeres que los querían con todo su corazón, de modo que nunca entenderían su punto de vista. Además, ellos no sabía que Sean ya había estado casado. De hecho, nadie lo sabía.

Los King cometían errores, por supuesto, pero no hablaban de ellos y no compartían sus sentimientos con nadie. Ese matrimonio había sido su error y él mismo lo había solucionado sin decir una palabra.

–No lo veáis como un matrimonio, más bien un acuerdo de negocios.

–Una manera muy extraña de hacer negocios –insistió Lucas.

–Extraña o no, vamos a conseguir lo que queremos –dijo Sean. Construir aquel hotel con su primo Rico sería muy importante para la constructora King–. Walter tendrá la escritura preparada antes de la boda.

–¿Y cuándo piensas casarte?

–A finales de semana –respondió Sean, después de tragar saliva. Pero había aceptado hacerlo y no pensaba echarse atrás.

–¿A finales de semana? –repitió Lucas.

–Dinos cuándo y estaremos allí –dijo Rafe.

–No –Sean sacudió la cabeza y, de inmediato, hizo un gesto de dolor.

–¿Cómo que no?

–Pues claro que iremos, idiota –le espetó Rafe–. No vamos a dejarte solo.

–No es un matrimonio de verdad. Es un acuerdo conveniente para los dos, nada más.

–De todas formas, lo más lógico es que estemos a tu lado. Sabes que los King siempre nos apoyamos los unos a los otros.

Era cierto, pero se apoyasen o no, Sean no quería

que estuviesen allí el día de la boda. No tenía sentido. Además, no le apetecía tener que escuchar a sus hermanos y a sus cuñadas echándole la bronca.

—Será más fácil para mí si no estáis aquí.

—¿Stanford no esperará que tu familia acuda a la boda?

Demonios. Sean no había pensado en eso.

—Probablemente —admitió—. Pero le diré que todo ha ocurrido tan rápido que no podéis venir.

—Sí, seguro que eso le sentará muy bien —comentó Rafe, irónico.

—Yo me encargo de Stanford, vosotros llamad a Rico para darle la buena noticia. Mientras tanto, me dedicaré a hablar con la constructora de la isla para ver qué tienen aquí y qué debemos traer nosotros.

—Tengo un barco esperando en el puerto. Podemos cargar el equipo y empezar a trabajar en una semana —dijo Rafe.

—Estupendo —asintió Sean—. Con el buen tiempo que hay aquí, no tendremos ningún problema. Podremos trabajar incluso en invierno sin perder un solo día.

—Rico quiere construirse una casa en la isla, por cierto. Parece que ha decidido convertir Tesoro en su residencia.

—Un momento… yo he negociado por la parcela para el hotel. Rico tendrá que negociar con Stanford si quiere construirse una casa.

—Ah, claro, ¿qué te queda a ti por vender, tu alma? —bromeó Lucas.

—Muy gracioso.

–Rico ya tiene la parcela para su casa. Walter se la ha vendido –dijo Rafe.

–Era de esperar –murmuró Sean.

–¿Seguro que quieres hacerlo? –le preguntó Rafe entonces.

–¿Por qué no?

–Siempre has sido el más cabezota de todos –dijo Lucas.

–Sí, es verdad. Incluso haces que papá parezca un hombre razonable –bromeó Rafe.

–No tienes por qué insultar –le espetó Lucas.

–¿Quién está insultando a nadie?

Sean sonrió para sí mismo mientras veía a sus hermanos discutir, como era su costumbre. Estaban en California, pero podrían estar en Marte, tan lejos se sentía. Pero era mejor así.

No había ninguna razón para que conocieran a Melinda o para celebrar un matrimonio que tenía fecha de caducidad.

Había hecho un trato y lo cumpliría, pero no quería que hubiese público.

Capítulo Cuatro

—¿Que vas a hacer qué?

—Voy a casarme —repitió Melinda, esperando sentir una oleada de pánico. Pero no fue así y era muy raro porque si alguien tenía derecho a sentir pánico, era ella.

Después de la reunión entre Sean y su abuelo, había pasado cinco minutos con el hombre que pronto sería su marido, pero Sean apenas había dicho nada; solo que la llamaría al día siguiente. Y, por el momento, no había llamado. Aunque aún había mucho tiempo, por supuesto.

Entonces, ¿por qué tenía el estómago encogido y le costaba tanto trabajo respirar?

Había pasado la noche sentada en la terraza de la suite, mirando el mar. El viento movía suavemente las hojas de los árboles, llevándole un delicioso aroma a jazmín, pero eso no había logrado tranquilizarla.

Y ella sabía por qué.

Sean King era demasiado atractivo. La afectaba como no la había afectado ningún hombre desde Steven y admitir eso debería ser suficiente para echarse atrás. Pero no podía hacerlo si quería su independencia.

De modo que allí estaba, en casa de su amiga, intentando convencerse a sí misma de que todo iba a salir bien. El problema era que después de poner todo en movimiento, empezaba a sentirse atrapada. Su abuelo estaba contento, Sean... bueno, no sabía lo que sentía Sean. Y ella estaba angustiada, pero resuelta.

–No me lo puedo creer –dijo Kathy Clark, su mejor amiga y la única persona con la que podía hablar de aquello–. Tú misma has dicho muchas veces que lo que tu abuelo intentaba hacer era medieval.

–Lo sé, pero...

–Y juraste que si volvía a intentar casarte otra vez te marcharías de la isla.

–Sí, ya...

–Y dijiste que no podías casarte con nadie porque seguías enamorada de Steven.

Melinda frunció el ceño. A Kathy nunca le había gustado Steven y no sabía por qué, aunque ya daba igual.

–¿Quién es ese hombre misterioso y por qué has aceptado algo que habías jurado no aceptar nunca?

–Esto es diferente. Mi abuelo no lo ha arreglado, lo he hecho yo.

Su amiga parpadeó, atónita.

–Eso sí que no lo entiendo.

Riendo, Melinda tomó en brazos a la hija de Kathy.

–Tiene mucho sentido, Kath. Voy a casarme con Sean y así conseguiré mi fideicomiso. Y luego nos divorciaremos. Así de sencillo –Melinda dio un beso a Danielle y sonrió cuando la niña empezó a dar palmaditas.

–Casarse, aunque sea temporalmente, es algo muy importante. Y a veces los divorcios no son tan sencillos. ¿Estás segura de lo que vas a hacer?

–Pues claro que estoy segura. No habrá ningún problema con el divorcio porque los dos habremos conseguido lo que queríamos: Sean, la parcela para construir el hotel; y yo, mi fideicomiso. Es lo mejor que puedo hacer.

–Qué mundo tan raro si casarte con un extraño es lo mejor que puedes hacer.

–No es un extraño. He estado leyendo cosas sobre él.

–Ah, bueno, entonces… –Kathy levantó los ojos al cielo–. En lugar de que tu abuelo te venda al mejor postor, tú te pones en el mercado.

–Y consigo un precio mucho mejor –bromeó Melinda–. En serio, todo va a salir bien. Me casaré, conseguiré mi fideicomiso y luego volveré a ser libre.

–Ya.

–Sean está de acuerdo, incluso cuando le dije que no habría sexo.

–Ah, esto mejora.

–Eso mismo dijo él –Melinda colocó el lacito que Danielle llevaba en el pelo.

–¿Sean qué? ¿Quién es el afortunado?

–Sean King.

Kathy la miró, boquiabierta.

–¿Sean King? ¿El que sale en las revistas? ¿El multimillonario? ¿El que tiene el pelo negro, los ojos azules y un culo estupendo?

Riendo, Melinda tapó las orejitas de Danielle con las manos.

–¡Kath!

–No me lo puedo creer…

Kathy colocó a su hijo pequeño, Cameron, en la trona y se levantó para servir más café.

–Creo que vas a meterte en un buen lío, cariño.

–No va a pasar nada –insistió Melinda, aunque ver la preocupación de su amiga aumentaba su ansiedad.

Era natural que Kathy reaccionase así. Tom y ella se adoraban, de modo que un matrimonio de conveniencia debía parecerle una locura.

–Sean King es un hombre famoso que sale con montones de mujeres.

–Sí, pero…

–Es rico, guapísimo y probablemente arrogante. La mayoría de los hombres como él lo son…

–¿Lo dices porque tú conoces a muchos hombres como Sean King?

–No tengo que conocerlos personalmente para saber que son así.

Melinda parpadeó.

–Sí, bueno, tienes razón.

Kathy tomó un sorbo de café, pensativa.

–Solo digo que podrías estar a punto de meterte en algo para lo que no estás preparada.

Danielle empezó a revolverse y Melinda la dejó en el suelo para que fuera a jugar con sus juguetes.

Kathy y ella eran amigas desde que su familia se mudó a la isla quince años atrás. Kathy se había casado con un hombre natural de Tesoro y Melinda era la madrina de sus dos hijos.

La casa era un caos, totalmente diferente a la elegante suite en la que ella vivía, pero aquella casita siempre le había parecido muy acogedora y rebosante de amor.

Una vez, ella había soñado con tener un sitio así, una vida así, con un marido y unos hijos. Pero ese sueño murió con Steven un año antes y Melinda lo había enterrado junto con su prometido.

En aquel momento, lo único que quería era su independencia y la oportunidad de vivir la vida que siempre había deseado sin tener que darle explicaciones a su abuelo. Walter Stanford la adoraba, pero tenía por costumbre meterse en su vida.

—De verdad sé lo que hago, Kathy.

—Eso espero —su amiga suspiró—. Bueno, ¿cuándo es la boda?

—El próximo sábado. Y tú serás la dama de honor.

—¿El próximo sábado? —repitió Kathy, poniendo cara de susto—. ¡No puedo perder cinco kilos en una semana!

Sonriendo, Melinda escuchó mientras su amiga hablaba de manicuras, vestidos y niñeras para ese día.

Preocupada o no, Kathy estaría a su lado, pero las advertencias de su amiga hicieron que se preguntase si estaba tan segura de lo que iba a hacer como aparentaba.

Los siguientes días pasaron a toda velocidad.

O al menos, eso le parecía a Sean. No vio mucho a Melinda, ¿pero por qué iba a hacerlo? Aquello no era más que un acuerdo entre los dos y, para olvidar que estaba a punto de casarse, se dedicó a explorar la isla.

La constructora Stanford era pequeña, pero parecían serios y responsables. Además, contratar gente de la isla haría que la invasión de los King fuese mejor vista por los lugareños.

Condujo por las carreteras de la isla, comprobando que algunas zonas de Tesoro eran yermas mientras la mayoría estaban cubiertas de bosques, flores y cascadas. No había aeropuerto, pero Sean sabía que sus hermanos querrían construir una pista de aterrizaje para sus avionetas y había un claro cerca del hotel que serviría… si podía convencer a Walter.

De otro modo, la única forma de llegar a la isla era ir en avioneta hasta St. Thomas y luego tomar una lancha. Si pudieran construir una pista de aterrizaje, todo sería más fácil para los ricos clientes que pensaban atraer al hotel.

Pero, por el momento, se contentó con explorar el pueblo. Tesoro era una de las islas privadas más grandes del Caribe, unos tres mil acres de preciosas playas, flores y bosques.

Y el pueblo era tan pintoresco que parecía como si estuviera paseando por una postal. Cada tienda estaba pintada de un color diferente: azul, rosa, verde…

Había multitud de tiestos con flores flanqueando las aceras y la vista desde arriba debía ser como mirar un arco iris.

Para un hombre acostumbrado a vivir en el sur de California, un sitio lleno de ruido y de gente, era como estar en Brigadoon.

Sean sonrió para sí mismo. No conocería esa película si no fuera por la mujer de Lucas, que estaba viéndola una tarde, cuando fue a cenar a su casa. A cambio de la cena, Rose lo había obligado a ver la película con ella.

De modo que aquel pueblecito mágico en Escocia, donde todo el mundo era feliz, le parecía una comparación apropiada.

Sean se detuvo para mirar aquel pueblo tan tranquilo y sintió un escalofrío al imaginar hordas de turistas con cámaras al hombro…

No, era mejor así, pensó, disfrutando del silencio y de la brisa. El viento casi constante de Tesoro evitaba el calor y los insectos. Y eso haría que sus clientes se sintieran muy felices allí.

Sean paseó por las calles del pueblo, mirando escaparates y haciendo fotografías con su *smartphone* para enviarlas a sus hermanos. Rafe y Lucas ya habían estado allí, pero sus reuniones con Walter habían terminado tan rápido que no tuvieron tiempo de visitar Tesoro. Era Rico quien había estado en la isla años antes y desde entonces siempre había querido volver.

Y él no había entendido la fascinación de su primo hasta ese momento. Había algo en Tesoro que relajaba la tensión; una tensión de la que Sean no se había percatado hasta aquel día.

Sean sacudió la cabeza, diciéndose a sí mismo que esos pensamientos tan raros eran debidos a los nervios de la boda. Él tenía más razones para estar nervioso que la mayoría de los novios. Después de todo, no iba a casarse por las razones habituales.

Un par de niños chocaron con él en la acera y Sean sonrió de nuevo. Incluso las postales vivas tenían algunos problemas y eso hacía que el sitio le pareciese más real.

Se detuvo frente a una joyería para mirar el escaparate. Había diamantes, rubíes y otras piedras preciosas. Pero también tenían esas piedras de color azul verdoso que Melinda había llevado la noche que cenaron juntos y sellaron el trato.

—Uno no se puede casar sin un anillo –murmuró.

Falso matrimonio o no, tenían que hacer que pareciese real, de modo que empujó la puerta del local. Sin prestar atención a las pulseras de oro y los collares de perlas, fue directamente al mostrador donde guardaban las piedras de color azul verdoso.

Un hombre mayor de pelo gris y ojos permanentemente guiñados, tal vez por tantos años mirando a través de una lupa, se acercó a él con una sonrisa en los labios.

—Usted debe ser Sean King.

—Veo que las noticias corren como la pólvora en Tesoro.

—Es una isla pequeña y que Melinda Stanford vaya a casarse es una gran noticia.

—Sí, ya imagino.

Allí no había *paparazzi*, pero los cotilleos iban de boca en boca. Y era normal. Todo el mundo en Tesoro conocía a Melinda y era lógico que estuviesen interesados en su sorprendente boda.

—Encantado de conocerlo –dijo Sean, ofreciéndole la mano.

—Lo mismo digo, señor King. Soy James Noble y esta es mi joyería.

–Tiene algunas cosas muy bonitas. Y, como sabe que voy a casarme con Melinda, sabrá también que necesito un anillo.

–Por supuesto. ¿Está buscando algo especial?

–Pues… –Sean señaló una bandeja bajo el cristal del mostrador–. Estas piedras son muy originales.

Y ya sabía que a Melinda le quedarían de maravilla. Claro que todo le quedaba de maravilla. Melinda Stanford era preciosa y elegante. Cuando caminaba, Sean se quedaba hipnotizado por el movimiento de sus caderas. Cuando sonreía, solo podía pensar en besarla. De hecho, ocupaba gran parte de sus pensamientos.

–Desde luego que sí –estaba diciendo James–. El topacio de Tesoro solo se encuentra en esta isla y nosotros somos los únicos que lo vendemos.

–¿El topacio de Tesoro? –repitió Sean.

–Es una piedra que se forma aquí, en Tesoro, debido a la actividad volcánica. En cuanto a por qué solo se encuentra aquí, creo que tiene que ver con la tierra de la isla.

–Parece que ha dado antes ese discurso.

–A menudo –asintió el hombre–. Pero a la mayoría de la gente solo le importa el topacio, no cómo se formó.

–La piedra es bonita, pero la orfebrería de este anillo es asombrosa –dijo Sean, tomando uno de oro con un trabajo tan intrincado que casi parecía de encaje.

–Ah, sí, es de una artista local. Hace unos trabajos asombrosos que se venden muy bien.

–Y entiendo por qué –murmuró Sean, mirando el anillo de cerca. Era pequeño, pero los dedos de Melinda era largos y finos. Seguramente le quedaría bien y si no, siempre podía llevarlo a la joyería para que lo arreglasen–. Me llevaré este.

–Creo que le gustará.

–Eso espero.

–Voy a darle un pulido final antes de meterlo en la caja –James estaba sonriendo, tal vez por la alegría de hacer una venta.

–Estupendo –Sean sacó una tarjeta de crédito del bolsillo–. Aunque debo decir que me sorprende el precio.

–¿Le parece caro?

–No, al contrario. Creo que podría pedir más por un diseño como ese.

El joyero se encogió de hombros.

–En esta isla hay un límite de clientes, así que no podemos pasarnos con los precios.

–¿Qué le parecería que viniesen más turistas?

–Sé que piensan construir un hotel, si eso es lo que quería saber –el hombre sonrió–. Pronto se dará cuenta de que en esta isla es imposible guardar un secreto.

–¿Y qué le parece?

–Soy cautamente optimista al respecto. Siempre me ha parecido bien que Walter no dejase atracar los grandes cruceros. No me gustaría que esto se llenara de turistas, pero un *resort* de lujo es diferente.

–Sí, claro, menos molestias y un impacto menor en el medio ambiente de la isla.

–Será un cambio –dijo James, limpiando la joya con un paño antes de meterla en una cajita de terciopelo– pero no todos los cambios son malos. Y espero que a Melinda le guste el anillo.

–Gracias –Sean guardó la cajita en el bolsillo–. Imagino que nos veremos por aquí –se despidió.

–Desde luego. Estaré en la boda.

–Junto con el resto de los vecinos, supongo.

–Por supuesto.

Sean salió de la joyería con una sonrisa en los labios. Tesoro era una isla tan pequeña que seguramente todos los vecinos se veían como parientes.

Nada que ver con Sunset Beach, desde luego. Siempre le había gustado el ruido y el movimiento de California, o al menos se sentía cómodo allí, pero ni siquiera conocía a sus vecinos. Sus hermanos eran sus mejores amigos y las mujeres con las que salía iban y venían sin que se acordase de ellas.

Una vez había querido algo más; la clase de conexión con otro ser humano que buscaba la mayoría de la gente, pero había aprendido la lección y después del fiasco de su matrimonio se había aislado, usando el ingenio y el encanto para mantener controladas otras emociones más profundas.

Pero estaba a punto de casarse.

El anillo que llevaba en el bolsillo pesaba como si fuera un ancla y, sin embargo, no podía dejar de pensar en Melinda, como si el rostro de su futura esposa estuviera grabado en su cerebro. Recordaba sus ojos, su sonrisa, su determinación…

Si había alguien a quien un King pudiese admirar, especialmente él, era una persona decidida, pero eso no significaba que los siguientes dos meses fueran a ser fáciles. La deseaba y estar casado con ella pero no poder tocarla iba a ser una tortura.

Sean respiró profundamente, diciéndose a sí mismo que lo superaría. Los King lo superaban todo.

En un par de meses sería un hombre libre de nuevo y Melinda Stanford, por guapa, inteligente y sensual que fuese, no sería más que un recuerdo.

Capítulo Cinco

Los invitados aplaudieron, pero el brillo burlón en los ojos de su marido hacía que Melinda apenas se percatase del aplauso.

Con el brazo derecho alrededor de su cintura, Sean la apretó contra su torso hasta que pudo notar los latidos de su corazón.

Sonaba una antigua canción de Ella Fitzgerald y su hermosa y sensual voz hizo que los ojos de Melinda se llenasen de lágrimas. Apenas podía creer que lo hubiera hecho. Estaba casada.

–Las novias no lloran –le dijo Sean al oído.

–Lo sé… –ella parpadeó para contener las lágrimas–. Pero es que…

–¿Te resulta raro? –sugirió él, haciendo un giro en la pista de baile.

–Sí, mucho.

Por el rabillo del ojo veía a la gente, pero no eran más que una mancha borrosa. Lo único que podía ver con claridad era a Sean.

–Tu abuelo parece contento.

Ella giró la cabeza para mirar a Walter, que los observaba con una sonrisa en los labios.

–Sí, ¿verdad? –Melinda sintió una punzada de culpabilidad. Lo había hecho feliz mintiendo y cuando imaginó su rostro en dos meses, cuando le dijera que iba a divorciarse…

–¿Lo lamentas? –le preguntó Sean.

Ella estuvo a punto de mentir, ¿pero para qué?

–Un poco. ¿Y tú?

–Un poco también –asintió él, apretando su cintura. Y Melinda ya no solo notaba los latidos de su corazón sino la innegable y dura evidencia de su deseo–. En mi caso, es un poco más personal.

«Nada de sexo».

Su respuesta a ese deseo fue un cosquilleo entre las piernas, pero si él había notado su reacción no lo demostró y siguió bailando como si no pasara nada.

Melinda recordó la breve ceremonia en el patio del hotel Stanford. Había recorrido el pasillo, decorado con flores, del brazo de su abuelo y sus ojos se habían encontrado con los de Sean, que llevaba un traje de chaqueta gris, camisa blanca y corbata de color vino. Había sentido un escalofrío de placer al ver un brillo de admiración en sus ojos…

¿Qué mujer no lo habría sentido? Sean King era un hombre tan apuesto que empezaba a preguntarse si la condición de que no hubiera sexo era tan buena idea.

Pero era absurdo, pensó, reemplazando la imagen de Sean por la de Steven, el hombre que debería haber sido su marido. El hombre al que había amado hasta el día que murió en un trágico accidente de coche. Debería haberse casado por amor, no por un acuerdo económico.

–Estás frunciendo el ceño –dijo Sean–. Y los invitados se preguntarán si he dicho que haya podido molestarte.

–¿Qué? –Melinda miró sus ojos azules, intentando contener los latidos de su corazón.

La canción era interminable… o tal vez apenas habían pasado unos segundos, no estaba segura.

–Sonríe. Has ganado, ya tienes todo lo que querías.

–No todo –dijo ella.

–¿Qué te falta?

Las manos masculinas en su espalda y el calor de su cuerpo parecían aventar las llamas dentro de ella. Llamas de un fuego que no había esperado o deseado.

–Nada –respondió. No quería hablarle de Steven al hombre con el que acababa de casarse–. No es nada.

–Muy bien, entonces sonríe un poco o la gente se preguntará por qué te has casado conmigo.

Melinda sonrió, mirando el anillo en su mano izquierda.

–Me encanta el anillo.

–Lo vi en una joyería del pueblo… la piedra es igual que la de los pendientes que llevabas la noche que cenamos juntos.

–El topacio de Tesoro.

–Sí, James me lo contó y me pareció apropiado.

–Es perfecto –le aseguró ella.

–Me alegro mucho.

Cuando Sean la miró a los ojos, Melinda sintió que su corazón se desbocaba. Estaban en medio de la pista, mirándose a los ojos…

Íntimos extraños.

–¡Que se besen! –gritó alguien.

Y, de repente, todo el salón de banquetes del hotel Stanford se unía a la petición.

–No tenemos que hacerlo –murmuró Melinda.

–Pues claro que sí –dijo Sean, sin dejar de sonreír–. Quieres que esto parezca real, ¿no?

–Sí, pero ya nos hemos besado al final de la ceremonia.

–Ese no cuenta –replicó Sean, inclinando la cabeza–. Si queremos que esta boda parezca real, tenemos que darnos un beso de verdad…

Melinda cerró los ojos mientras su marido la echaba hacia atrás para apoderarse de su boca en un beso de cine.

Apenas era consciente de la gente que los miraba. ¿Cómo iba a prestarles atención cuando cada centímetro de su cuerpo parecía estar electrizado? La lengua de Sean jugaba con la suya y Melinda se arqueó hacia él, dejándolo… no, ayudándolo a devorarla.

Daba igual que no estuviesen enamorados. Daba igual que no hubiera pensado en besar a su marido. Lo único que importaba en aquel momento era lo que Sean estaba haciéndole y lo que ella sentía.

Nunca había sentido nada así. No podía respirar y le daba igual. ¿Cómo podía experimentar esas sensaciones cuando apenas lo conocía y cuando Sean no era Steven…?

Ese nombre fue suficiente para apagar el fuego. Melinda se apartó, mirándolo con cara de sorpresa. Y fue un pequeño consuelo ver la misma sorpresa en los ojos de Sean.

–¡Eso es un beso de verdad! –exclamó su abuelo.

Como repuesta, Sean le pasó un brazo por los hombros, apretándola contra su costado.

Sonreía con aparente tranquilidad, pero Melinda podía notar los rápidos latidos de su corazón y supo que había experimentado lo mismo que ella. Y eso significaba… ¿qué?

Sean había aceptado la cláusula de que no hubiera sexo. ¿Pensaría que ese beso iba a hacerla cambiar de opinión?

¿Cambiaría ella de opinión?

Sintió un escalofrío cuando Sean pasó una mano por su brazo, pero sonrió a pesar de todo. Porque tenía razón: debían interpretar un papel.

–Queremos daros las gracias a todos por estar aquí hoy –empezó a decir Sean–. Sé lo que significa para Melinda y para Walter que estéis aquí.

Cuando terminó el discurso empezó a sonar un rock and roll y Walter se acercó para estrechar su mano.

–Bien dicho –lo felicitó, volviéndose hacia su nieta–. Estás tan guapa vestida de novia como lo estaba tu madre.

Melinda, emocionada, abrazó a su abuelo, respirando el familiar aroma a tabaco de pipa y menta. Walter era el culpable de aquella farsa y, sin embargo, no era capaz de enfadarse con él. Su abuelo creía que era lo mejor para ella y Melinda esperaba que, tras su divorcio de Sean, aceptase que no volvería a casarse.

–Te quiero mucho, abuelo –murmuró.

–Y yo a ti, cariño –Walter le dio un beso en la frente–. Bueno, os dejo para que disfrutéis de la fiesta –dijo luego, alejándose para charlar con unos amigos.

–Es tremendo –comentó Sean.

Melinda levantó la mirada, dispuesta a defender a su abuelo, pero de inmediato comprobó que no era necesario. Y Sean debía haber visto el brillo de batalla en sus ojos porque esbozó una sonrisa.

–No quería ofenderlo. Puede que no me guste cómo consigue lo que quiere, pero admiro a un hombre que no acepta una negativa.

A pesar de todo, Melinda sonrió también.

–Claro que lo admiras, te pareces mucho a él.

–¿Eso es un insulto o un cumplido?

–Tal vez ambas cosas.

–Bueno, lo acepto –Sean la tomó del brazo para dirigirse a la terraza y Melinda respiró profundamente por primera vez en varias horas. Pero cuando miró por encima de su hombro y vio a los invitados bailando y riendo se sintió como una extraña en su propia boda–. Lo estás haciendo otra vez –dijo él.

–¿Qué?

Sean le levantó la barbilla con un dedo para mirarla a los ojos.

–Perder el tiempo en lamentaciones.

–No estaba haciendo eso.

–¿Entonces?

Melinda respiró profundamente mientras se acercaba a la balaustrada de la terraza.

–Es que había pensado que cuando me casara…

–¿Estarías enamorada?

–Sí.

–Es comprensible. Y lo harás, algún día.

–No, esto no es para mí –Melinda sacudió la cabeza–. No estoy buscando amor, así que no habrá más bodas.

–Yo dije eso mismo una vez.

Ella lo miró, sorprendida.

–¿Has estado casado?

Sean frunció el ceño, deseando poder retirar esas palabras. No tenía intención de hablarle sobre su fracasado matrimonio. Nunca había hablado de ello hasta aquel momento, precisamente cuando no debería. ¿Por qué le había traicionado el subconsciente?

«Genial. Ahora voy a psicoanalizarme».

Mientras tanto, su flamante esposa lo miraba esperando una explicación y Sean supo que no iba a dársela.

Pero eso solo haría que Melinda quisiera descubrir sus secretos. Las mujeres tenían una técnica especial para sacarle información a un hombre y, normalmente, no se rendían hasta haberlo conseguido.

Pero tal vez podría evitar eso contándole algo…

–No duró mucho.

–Entonces, estás divorciado.

–No, ya no –bromeó Sean–. Ahora soy un hombre casado.

–Sí, estamos casados –asintió ella.

–No pareces muy contenta.

–Es… complicado.

–A mí no me ha sabido complicado –dijo él.

Era preciosa. Lo había pensado al verla caminando hacia él antes de la ceremonia y se había quedado clavado en el sitio. El pelo negro le caía por los hombros; el vestido blanco que se ajustaba a sus curvas para caer luego en sensuales capas de seda hasta el suelo; la curva de sus pechos; el brillo decidido en sus ojos. Todo en ella parecía diseñado para convertirlo en un novio enamorado haciendo planes de futuro.

–Sean, sobre ese beso…

Sí, también él estaba pensando en el beso. Bueno, en eso y en la increíble erección que le había provocado. Nunca había reaccionado tan rápido ante una mujer y aún no se había calmado.

Y eso significaba que los próximos dos meses iban a ser más difíciles de lo que creía.

Sin embargo, no podía lamentar el beso; al contrario, quería más.

–Ha sido un beso estupendo –admitió, dándole la espalda al jardín para estudiar a la mujer con la que se había casado.

La luz de la luna hacía que su vestido blanco con escote palabra de honor pareciese brillar y Sean no podía apartar los ojos de ella.

El fino material del vestido destacaba su asombrosa figura. Todo en ella lo hacía desear abrazarla y besarla hasta que ninguno de los dos pudiese respirar. Y Sean nunca había sido famoso por su contención.

Tenía que hacer un esfuerzo sobrehumano para no tocarla, pero le gustaría deslizar las manos por su cuerpo hasta hacerla suspirar de placer. Si fuera por él, llevaría a su flamante esposa a la suite donde vivirían durante esos dos meses y la tumbaría en la cama. Levantaría la falda del vestido y la miraría a los ojos mientras entraba en ella, sintiendo esas largas piernas envueltas en su cintura mientras lo recibía, jadeando de placer. Se derramaría dentro de ella y luego, cuando los dos hubieran llegado al clímax, volvería a hacerlo…

—No podemos hacerlo otra vez —la voz de Melinda interrumpió sus fantasías y Sean se movió un poco, intentando aliviar la presión bajo sus pantalones. Pero no sirvió de nada.

—Claro que podemos. Un beso no es sexo.

—Pero es cómo besas —murmuró ella.

—Halagándome llegarás donde quieras —bromeó Sean.

—No era un halago.

—¿Quién lo hubiera dicho? —Sean la empujó suavemente contra la balaustrada, pero ella miraba hacia los lados, como si no se atreviese a mirarlo a los ojos.

Él no quería que se sintiera incómoda; la quería rendida, entusiasta… como lo había estado durante aquel beso increíble.

—Solo ha sido un beso, Melinda. No significa nada, a menos que tú quieras que sea así.

—No, no puede ser.

—Entonces no pasa nada. Pero que hayamos acordado no mantener relaciones sexuales no significa que no podamos disfrutar un poco.

Ella se mordió los labios, indecisa.

—No sé…

—Tal vez no haya sido un beso tan increíble como nos ha parecido —siguió Sean—. Quizá haya sido la sorpresa… deberíamos comprobarlo.

—No creo…

—A mí me parece muy buena idea —la interrumpió él, inclinándose para apoderarse de su boca.

Esta vez, el beso fue más ávido porque sabía lo que iba a encontrar. Conocía su sabor, el calor de su piel… y esta vez, cuando Melinda entreabrió los labios, estaba casi preparado para el golpe de calor que lo hizo perder el equilibrio.

Besarla antes había sido una relevación y el segundo beso era la confirmación de todo lo que había experimentado. Y el deseo crecía por segundos. No podía apartarse, aunque sabía que debería hacerlo.

Aquello no era parte del trato. Esa instantánea explosión de deseo era algo que no había experimentado antes. Si hubiera sentido algo así con otra mujer la habría llevado a su cama de inmediato. Pero esa no era una opción con Melinda y Sean no sabía qué hacer al respecto.

Mientras su cuerpo le pedía que siguiera, su cerebro le gritaba que tuviese cuidado. Había dado su palabra y la mantendría, se dijo a sí mismo mientras seguía besándola, tomando todo lo que ella ofrecía, dándole todo lo que tenía. Estaban tan apretados el uno contra el otro que podía sentir los frenéticos latidos de su corazón y supo entonces que Melinda estaba tan excitada como él.

Saber eso le dio permiso para seguir y pasó un dedo por la cremallera del vestido, bajándola un poco; un centímetro, dos centímetros, lo suficiente como para aflojar el corpiño del vestido y…

Sean inclinó la cabeza para envolver un rosado pezón con los labios y la sintió temblar.

–Sean…

Sabía que debería parar, pero no lo hizo. No podía

hacerlo. Disfrutando de sus gemidos, y del sabor de ese pezón suave como el terciopelo, pasó el borde de los dientes sobre la punta y la sintió temblar.

Melinda se agarró a sus hombros, arqueándose hacia él. Con una mano, Sean acariciaba sus pechos, apretando suavemente un pezón entre el pulgar y el índice mientras atormentaba el otro con la lengua. No se cansaba de ella, el deseo hacía que perdiese la cabeza.

La música y el murmullo de voces en el salón de banquetes no eran más que una vaga distracción de lo que era realmente importante.

Sean la sentía temblar y sabía que era por sus caricias, no por la brisa nocturna que movía las hojas de los árboles. Ella enredó los dedos en su pelo, sujetando su cabeza contra sus pechos, cada roce de sus uñas contra el cuero cabelludo de Sean enviaba una descarga eléctrica por todo su cuerpo.

Nunca había deseado a una mujer como deseaba a Melinda Stanford… King.

Pensar eso rompió la neblina de deseo. Era su mujer, la mujer a la que había prometido no tocar. Y estaba prácticamente haciéndole el amor en la terraza, a unos metros de los invitados a la boda.

Sean hizo un esfuerzo sobrehumano para apartarse y subir la cremallera del vestido. Cuando terminó, la envolvió en sus brazos, intentando convencer a su cuerpo de que no estaba a punto de explotar de frustración.

–¿Sean?

Melinda tenía un aspecto tan sexy que le gustaría

olvidarse del sentido del honor y hacer lo que los dos querían hacer. Pero no lo haría.

Aún no. No hasta que ella lo liberase de su promesa.

—No puedo creer que hayamos estado a punto de…

Sean intentó sonreír.

—No ha pasado nada.

—No debería… no sé por qué te he dejado…

Él tomó su cara entre las manos.

—No es para tanto –le dijo, aunque sabía que no era verdad–. Estamos casados y nos hemos besado… no te enfades contigo misma por eso.

—Pero hay algo que deberías saber –Melinda se mordió los labios–. Estuve prometida una vez. Mi prometido, Steven Hardesty, murió en un accidente de coche hace algo más de un año…

Unos segundos antes estaba gimiendo de placer pero, repente, el deseo que había en sus ojos había desaparecido, reemplazado por un brillo de dolor y culpabilidad.

—¿Steven? –repitió Sean, atónito.

—Él murió y…

—¿Necesitabas a alguien que ocupara su puesto?

—¿Qué?

—¿Es por eso por lo que te has casado conmigo?

—¿Qué estás diciendo? –exclamó Melinda–. Tú sabes perfectamente por qué nos hemos casado. Hicimos un trato que también te beneficia a ti.

—Trato o no, no parecías pensar en Steven hace un momento.

–¿Qué tiene eso que ver?

–Dijiste que no estabas interesada en romances. ¿Por qué? –insistió Sean–. ¿Tras la muerte de Steven te escondiste? ¿Guardaste tu corazón bajo llave?

–No lo entiendes –respondió Melinda.

–Lo entiendo mejor de lo que crees –dijo Sean, incrédulo. Melinda lo había investigado y tal vez él debería haber hecho lo mismo–. De modo que no es solo un trato beneficioso para los dos, yo soy el sustituto de Steven.

–No, no lo eres. No podrías serlo.

–¿Por qué no?

–¡Ya te he dicho que estaba enamorada de él!

Su vehemencia lo golpeó con más fuerza de la que debería, pero se sentía como un idiota por haberse metido en aquella trampa. Solo había pensado en el trato, en la parcela, en ayudar a los King a ganar una vez más.

De haber sabido que Melinda estaba de luto por otro hombre no lo habría hecho.

–No entiendo por qué estás tan enfadado –dijo ella, pasándose las manos por los brazos como si tuviera frío.

–No me gusta que me mientan o me manipulen.

–¿Y quién te ha manipulado? Hicimos un trato en el que no entraba el sexo y, sin embargo, hace unos minutos estabas besándome y acariciándome… ¿quién es el culpable?

¿Melinda lo miraba como si fuese un ángel de castidad y él debía sentirse culpable?

–No ha sido solo culpa mía –respondió Sean–. Puedes convencerte a ti misma de lo que quieras, pero los dos sabemos que no ha habido manipulación alguna. Te gusta que te toque y sigues queriendo que lo haga.

–No…

–Sí –la interrumpió él–. Hace unos minutos estabas suspirando y disfrutando de mis caricias…

–Cállate.

–No pienso hacerlo. ¿Quieres fingir que no es verdad? Pues hazlo, pero los dos sabemos que unos minutos más y el pacto de no mantener relaciones sexuales se habría ido por la ventana.

–Yo solo quería explicarte…

–Cuéntaselo a alguien que no tenga la marca de tus uñas en su cuero cabelludo.

Sean vio que enrojecía. ¿De vergüenza, de remordimientos?

–Puede que quieras fingir que ya no estás interesada en vivir –siguió, inclinándose hasta que sus bocas estaban a punto de rozarse–. Pero tu cuerpo sigue vivo y me deseas, como yo a ti.

Melinda levantó las manos para empujarlo y Sean dio un paso atrás, no porque tuviera que hacerlo sino porque entendía que necesitaba espacio. Y él también.

–Te equivocas.

–No, no me equivoco. Pero puedes decirte a ti misma lo que quieras.

Se quedaron callados, los sonidos de la fiesta en el interior llenaban el tenso silencio. Y por fin, después de lo que le pareció una eternidad, Melinda dijo:

–No me apetece volver al banquete. Voy a subir a la suite.

–Muy bien –él apoyó las manos en la balaustrada, mirando la luna.

–¿Qué vas a hacer tú?

Sean volvió la cabeza para mirarla. Por mucho que quisiera negarlo, una parte de él querría consolarla porque parecía… perdida. Pero decidió que sería mejor seguir indignado.

–Voy a tomar una copa.

–¿Pero seguirás cumpliendo el trato? ¿Subirás a la suite?

La suite en la que vivirían durante esos dos meses. Vivir con ella, estar a su lado y no tocarla…

Por un segundo, Sean consideró la idea de cancelar el acuerdo. Pero, aunque estaba enfadado, él no era tonto y, además, siempre cumplía su palabra.

–Sí –respondió, mirándola con recelo. Era guapa, pero peligrosa, herida pero manipuladora–. No te preocupes, haré mi papel. Seré el marido que Steven hubiera sido.

Capítulo Seis

–¿Te dijo eso? –Kathy tomó un sorbo de té helado, atónita.

Melinda partió una galleta por la mitad y siguió haciéndola pedacitos, perdida en sus pensamientos. Habían pasado dos días desde la boda y Sean y ella apenas habían intercambiado un saludo desde que lo dejó en la terraza esa noche.

Se sentía triste, cansada y desconcertada.

Aún podía ver el brillo en los ojos de Sean, un brillo de furia y deseo a la vez. Y lo peor de todo era que ella lo deseaba también.

–Sí, eso dijo. Que sería el marido que Steven hubiera sido –respondió por fin–. Y estaba furioso.

–Claro.

–Oye, ¿de qué lado estás? –exclamó Melinda.

–Del tuyo siempre, cariño –respondió Kathy–. Pero puedo entender que estuviera un poco molesto.

–¿Por qué?

–Porque le mentiste.

–No le mentí. Esto es algo personal. Además, ¿qué le importa a él?

–No le hablaste de Steven antes de proponerle matrimonio.

–No tenía por qué hacerlo –Melinda miró hacia el

muelle, donde varios niños tiraban pan a las gaviotas. La vida seguía adelante en Tesoro…

—A ningún hombre le gusta saber que está ocupando el sitio de otro —dijo Kathy.

—Sean no va a ocupar el sitio de Steven. Nadie podría hacerlo.

Su amiga suspiró pesadamente, como solía hacer cuando hablaban de Steven. Nunca había entendido por qué no le caía bien y Kathy nunca había querido contárselo. Aunque ya no importaba; Steven había muerto y ella se había casado con otro hombre.

—Hay una cosa que no me has contado —dijo Kathy entonces.

—¿Qué?

—La escena de amor en la terraza… ¿qué tal?

—Bien —Melinda apartó la mirada.

—¿Bien?

—Genial —admitió Melinda, dejando escapar un suspiro—. Asombrosa. Increíble.

—Ah —Kathy sonrió.

—¿Por qué no puedo sentir eso con otro hombre?

—Cariño, estás viva. Es normal que sientas algo por Sean.

Melinda sacudió la cabeza. No quería sentir nada por Sean King porque eso significaría que había olvidado a Steven para siempre. Y no podía darle la espalda a su prometido por mucho que Sean la hiciera sentir. Él se marcharía de Tesoro en unos meses, pero los recuerdos de Steven vivirían con ella para siempre. Lo único que podía darle a su prometido era su lealtad.

Al menos le debía eso, ¿no?

–Dile a tu abuelo que tendré las fresas que le gustan la semana que viene.

–Lo haré. Gracias, Sally –se despidió Melinda.

Era temprano y Melinda paseó por los puestos del mercado saludando a todo el mundo antes de dirigirse a su coche. Frente a ella, en el puerto, había varios barcos de pesca, un par de embarcaciones de recreo y muchas gaviotas buscando el desayuno.

–Otro día en el paraíso –murmuró, deseando que el corazón no le pesara como una losa.

Normalmente disfrutaba levantándose temprano, pero dar vueltas en la cama durante toda la noche no era precisamente la situación ideal. No había dormido más de dos horas seguidas desde su boda con Sean…

Melinda miró el anillo que llevaba en el dedo y suspiró cuando las piedras parecieron hacerle un guiño.

No debería ser así, pensó. Su falso matrimonio debería haber sido algo fácil, sin complicaciones.

Después de la boda, fingía ser una novia enamorada delante de la gente y en privado había firmado una tregua con su marido. Sean se mostraba amable, pero distante, y apenas habían intercambiado tres palabras. Aunque le gustaría hablar con él…

–Porque nuestra última charla fue estupenda, ¿no? –murmuró para sí misma, irónica.

Melinda levantó la barbilla en un gesto desafiante al recordar lo que había ocurrido durante el banquete. Después de dejar a Sean en la terraza había subido a la suite, que había sido su residencia desde que volvió de la universidad, para cambiarse el vestido de novia por un camisón… y esperar.

Por humillante que fuera, había esperado que Sean la buscase esa noche. Creía que, después de lo que había ocurrido en la terraza, no sería capaz de alejarse. Que sería Sean quien rompiera su palabra para que ella pudiera seguir manteniendo la ilusión de que no lo deseaba.

Porque era una ilusión.

Melinda suspiró, mirando de nuevo los barcos en el puerto y las olas que los mecían suavemente. La verdad era que deseaba a Sean. Mucho, más de lo que hubiera creído posible. No había sentido el menor interés por un hombre desde la muerte de Steven y no había esperado sentir nada por él. Pero no era así.

Llevándose un dedo a los labios, como si aún pudiera sentir el sello de los de Sean, intentó reconciliar lo que sentía con lo que sabía. Había amado a Steven, pero no amaba a Sean. Entonces, ¿cómo podía encenderse simplemente pensando en él? ¿Y cómo iba a sobrevivir durante los próximos dos meses?

Aquello no podía pasar. Desear a otro hombre era una traición a Steven, ¿no?

Suspirando, recordó la mañana después de la boda, cuando lo encontró durmiendo en el sofá del salón, las piernas colgando a los lados. No parecía muy cómodo, pero desde esa noche era ahí donde dormía.

—No sé si me está castigando a mí o a sí mismo —murmuró.

En cualquier caso, estaba funcionando.

–No pareces una novia feliz.

Melinda se sobresaltó al escuchar esa voz tan familiar. Como si lo hubiera conjurado, Sean acababa de aparecer tras ella. Bronceado, relajado y guapísimo, llevaba una camiseta de la constructora King, unos vaqueros gastados que se ajustaban a sus largas y poderosas piernas y unas botas de trabajo que lo hacían aún más atractivo. El flequillo le caía por la frente y cuando bajó las gafas de sol para mirarla, Melinda vio que parecía fatigado.

Si no solucionaban aquello, los dos acabarían en coma.

–Estabas hablando sola –comentó–. Esa nunca es buena señal.

Melinda intentó recordar si había dicho algo que pudiese avergonzarla, pero cuando lo miró a los ojos se le quedó la mente en blanco.

–Solo es malo si respondes a tus propias preguntas… –empezó a decir, nerviosa–. ¿O es si te ríes de tus propias bromas?

¿Por qué no podía calmarse? No podía vivir con esa angustia durante los próximos dos meses.

Sean tomó la bolsa de tela que llevaba en la mano.

–¿Fruta? ¿Se han quedado sin fruta en el hotel?

–No –Melinda intentó recuperar la bolsa, pero Sean se lo impidió–. Es que me gusta tener fruta fresca en la suite y es una bobada llamar al servicio de habitaciones cada vez que quiero una naranja.

–Ah, me parece muy bien –Sean la tomó del brazo para llevarla al coche de alquiler que conducía desde que llegó a la isla–. Mi hermano Rafe solía vivir en un hotel. Le gustaba el servicio de habitaciones, pero desde que se casó con Katie no lo echa de menos. Ahora viven en una casita frente a la playa.

–Me alegro mucho –dijo Melinda–. Sean…

–Rafe está ampliando la casa. Ha hecho una segunda planta y ha tirado una pared para que el salón sea más grande. Katie dice que la está volviendo loca.

–Sean…

–Así es como se conocieron. Estábamos reformando la cocina de Katie y cuando terminamos, Rafe se quedó allí. Afortunadamente, porque Katie hace unas galletas riquísimas. Le pediré que nos haga algunas…

Melinda no sabía qué estaba haciendo o dónde iban, de modo que clavó los talones en el suelo.

–No necesito que me lleves al hotel. He venido en mi coche.

–Sí, lo sé –Sean se encogió de hombros–. Pero déjalo aquí, le pediremos a alguien del hotel que venga a buscarlo.

Apenas habían intercambiado un par de palabras en los últimos días y, de repente, decidía raptarla. Melinda miró hacia atrás y vio a la gente del mercado observándolos. Sin duda, los rumores empezarían a correr de inmediato haciendo que todo pareciese muy romántico cuando en realidad Melinda no sabía qué estaba pasando.

–¿Qué estás haciendo, Sean? –le preguntó–. ¿Dónde vamos?

Él abrió la portezuela de un deportivo rojo y, después de dejar la bolsa en la parte de atrás, apoyó las dos manos sobre el techo del coche.

–He pensado que podríamos ir a la parcela.

Melinda frunció el ceño.

–Pero ya la has visto, ¿no?

–Sí, claro. Pero no la he visto con nadie de la isla.

Melinda lo miró, en silencio. Debería aceptar ese cambio de actitud y fingir que los incómodos silencios no habían tenido lugar, pero no podía hacerlo. Quería saber por qué de repente actuaba como el Sean al que había conocido el primer día y no como el hombre con el que se había casado.

–¿Qué ocurre?

–Nada –respondió él, encogiéndose de hombros–. Simplemente, he decidido que lo mejor sería hacerme a la idea.

–¿Qué quieres decir?

–Mira, las cosas se nos escaparon de las manos la noche de la boda –reconoció Sean–. Los dos dijimos ciertas cosas…

–Yo no dije mucho –lo interrumpió Melinda.

–Bueno, yo sí dije algunas cosas que no debería y he pensado que deberíamos olvidarlo y empezar otra vez… pasar algún tiempo juntos. De ese modo, los dos meses que nos quedan serán más agradables para los dos.

Ella dejó escapar un suspiro de alivio.

–Eso estaría bien. Qué susto, pensé que ibas a cancelar el acuerdo –le confesó.

Sean se quitó las gafas de sol para mirarla a los ojos.

–Si me conocieras mejor sabrías que yo jamás incumplo mi palabra.

–El problema es que no te conozco mejor –dijo Melinda. Estaba claro que a Sean se le pasaban pronto los enfados; otra cosa más que no sabía de su marido temporal.

–¿Entonces hacemos las paces? –sugirió él, ofreciéndole su mano.

Melinda la aceptó y, de nuevo, sintió ese delicioso escalofrío que iba directamente de su mano al centro de su pecho.

–Hacemos las paces –anunció, intentando disimular.

–Estupendo –Sean movió cómicamente las cejas mientras le hacía un gesto para que subiera al coche–. Ponte el cinturón.

Cuando salieron a la carretera, el viento movía su pelo, pero a Melinda le encantaba respirar el aire del mar y el embriagador aroma de las flores, tantas que apenas se podían ver las colinas tras ellas.

Pero no necesitaba verlas para saber que estaban ahí. Acres de granjas seguidos de bosques y más hacia el interior, las cascadas. Aquel era su mundo y conocía cada centímetro.

Después de haber llegado a un acuerdo con su marido, se sentía más aliviada y giró la cabeza para mirarlo. Incluso de perfil, Sean King era asombrosamente apuesto.

–Pasé por aquí la semana pasada –gritó él para hacerse oír por encima del ruido del viento–. Pero no tuve oportunidad de parar.

–¿Y qué has estado haciendo toda la semana? –le preguntó Melinda.

–Montando una oficina en el hotel. Por el momento, voy a usar una de las suites, pero cuando empiece la construcción buscaré algo más grande.

Poco después llegaron frente a un acantilado con una espectacular vista del Caribe. Apenas había olas y, a lo lejos, un barco se deslizaba por el agua.

–Es un sitio precioso.

–Sí, lo es –asintió ella–. Pero tú vives en California, ¿no? Estarás acostumbrado a este paisaje.

–Yo vivo en Sunset Beach, cerca de Long Beach, donde viven mis hermanos.

–¿Y es bonito?

Sean lo pensó un momento. Siempre le había gustado la comunidad playera con su tranquilo ritmo de vida. Y siempre había creído que no encontraría en ningún otro sitio la vista que tenía desde su casa. Hasta que llegó a Tesoro.

–Sí, es bonito –admitió–. Antes pensaba que tenía el paisaje más bonito del mundo delante de mí. Ya sabes que vivo en una antigua torre de agua rehabilitada.

–Sí, lo sé. Un sitio muy original.

–Es mucho más alta que el resto de los edificios de la zona y puedo ver el horizonte. Pero esa zona del Pacífico es más tranquila que el Caribe. Con tantos muelles y puertos, cuando el agua llega a tierra ha perdido toda la fuerza… salvo durante las tormentas, claro.

Melinda sonrió.

–Debe ser muy agradable.

–Lo es, pero el agua del Caribe… no es azul del todo sino verde y tan transparente –Sean sacudió la cabeza–. Debo reconocer que el paisaje es más bonito aquí.

–Me alegra que te guste.

–Claro que aquí no se puede pedir comida tailandesa a la una de la madrugada.

–No, es verdad. Pero tiene otras compensaciones.

–Desde luego.

Y no todas las compensaciones tenían que ver con la belleza de la isla. Melinda Stanford era una mujer que lo intrigaba, quisiera ella o no.

Sean se volvió para mirarla y, como le ocurría siempre, sintió que algo se encogía dentro de su pecho. Probablemente no era bueno, pero no parecía capaz de hacer nada al respecto.

Claro que no tenía intención de mantener una relación con Melinda porque no había futuro para ellos, solo aquel trato de dos meses. Y lo mejor sería grabárselo en la cabeza.

Pero el problema no era su cabeza sino su cuerpo, que parecía estar en un constante estado de frustración.

–¿Has hablado con tus hermanos desde la boda?

La voz de Melinda interrumpió sus pensamientos y Sean lo agradeció. Estaba preguntándose si le habría contado a sus hermanos lo que había entre ellos, la abortada noche de boda, el beso que lo había vuelto loco durante días...

Pero Sean no pensaba contarle nada a sus hermanos. Rafe y Lucas le habían echado una bronca por casarse con Melinda y lo último que deseaba era darles más munición.

Además, había tenido una epifanía la noche anterior. Era fácil pensar cuando estabas torturado en un sofá demasiado estrecho y en el que te colgaban las piernas. Pero eso lo había ayudado a tomar una decisión sobre su matrimonio temporal.

Había estado casado antes y fue una pesadilla. Su exmujer le había mentido, lo había utilizado y luego lo había abandonado. De modo que Sean sabía que los finales felices eran cosa de cuentos de hadas, un sueño al que los tontos se agarraban durante sus solitarias noches.

Melinda no había aprendido eso.

Ella había crecido en Brigadoon, rodeada de gente alegre y simpática, en un mundo de gloriosos atardeceres frente a un cálido mar del más hermoso color verde. Y, por supuesto, creía que el difunto Steven era un santo. El hombre no había vivido tiempo suficiente como para desengañarla, decepcionarla o hacerle daño. No había vivido lo suficiente como para que Melinda descubriese la dura verdad.

Que el amor eterno era una mentira.

Que los finales felices solo existían en los cuentos de hadas.

Melinda se agarraba a los recuerdos de Steven, que sin duda se volvían más bonitos y entrañables con el paso del tiempo. Era una romántica que había decidido enterrar sus emociones junto con su prometido.

Pues bien, Sean había decidido que lo mínimo que podía hacer por ella mientras estuvieran casados era convencerla para que volviese a vivir. Y no podía hacer eso si no se dirigían la palabra.

De modo que se olvidó de su enfado y decidió usar su encanto. No había una sola mujer a la que no pudiese conquistar si decidía hacerlo y cuando hubiese conquistado a Melinda, ella vería que el deseo era más sustancial que el amor. Al menos, más sincero.

–Sí, claro, he hablado con ellos –dijo por fin, al darse cuenta de que seguía esperando una respuesta–. No hablar con Rafe y Lucas sobre un trabajo sería considerado una felonía.

–Ah.

Melinda volvió la cabeza para mirar el mar. Pero no tenía que ver su cara para saber lo que estaba pensando.

–Pero no les he hablado de nosotros.

–¿Ah, no? –Melinda se volvió de nuevo hacia él–. ¿Y por qué no?

–Porque no es asunto suyo. Mis hermanos están en California y nosotros estamos aquí –respondió Sean–. Relájate. Hace un día precioso y estamos en la playa, no pasa nada.

–Muy bien. Puedo relajarme, no hay ningún problema.

Sean notó que le desaparecía la tensión de las facciones. Estupendo, ya estaba funcionando. En unos días, tendría a Melinda Stanford comiendo en la palma de su mano. Dejaría que ella lo sedujera y los dos podrían disfrutar del matrimonio mientras durase.

En unos minutos llegaron a la parcela en la que iban a construir el hotel y Sean aparcó el deportivo. A su lado, Melinda parecía un poco tensa, pero él iba a hacer que se relajara.

–Ven, vamos a construir un hotel.

Ella sonrió y Sean sintió… algo. No quería ponerle nombre, ni siquiera quería admitirlo. Ignorar ese sentimiento no haría que desapareciera pero, por el momento, iba a intentarlo.

Estaba guapísima con un pantalón blanco y una camiseta amarilla, las sandalias mostrando unos dedos con las uñas pintadas de rosa.

Sin decir nada, tomó su mano, sintiendo esa oleada de calor a la que ya casi estaba acostumbrándose. Fuera lo que fuera lo que había entre ellos, serviría para seducirla.

Aquello iba a ser a su manera o no sería en absoluto.

Capítulo Siete

Sean debía admitirlo: Rico tenía buen ojo cuando se trataba de encontrar el mejor sitio para un hotel de lujo.

La parcela tenía forma de media luna, con una amplia y perfecta playa frente a un mar precioso. Sean podía imaginar los lujosos bungalós que Rico quería construir… sería un sitio perfecto para recién casados.

Y esperaba que esos recién casados lo pasaran mejor que él. Una mirada a su esposa hizo que sintiera un nuevo escalofrío de deseo. Mantenía el control, pero no era agradable. Sean no estaba acostumbrado a desear a una mujer y no poder tenerla. Hasta ese momento, la única mujer que le había dado problemas era su exesposa, de modo que parecía evidente que solo tenía problemas con las mujeres con las que se casaba.

Tal vez era una cuestión de karma, una especie de venganza cósmica por no haber dejado nunca que una mujer se apoderase de su corazón.

Sean miró la pendiente a un lado de la parcela, donde imaginaba que Rico quería construir su casa, rodeada de flores y banyanos, el árbol más típico de la isla, con sus extrañas raíces.

El sol iluminaba la escena y Sean casi podía ver el

hotel, de madera y cristal, recortado contra el verde del mar. Iba a ser una preciosidad.

–Tiene una vista maravillosa –comentó Melinda.

Era cierto. Las olas llegaban a la playa con un ritmo que sonaba como los latidos del corazón del mundo...

–Aún no he encontrado una vista mala en Tesoro –dijo Sean–. Aunque creo que esta es una de las mejores.

–Mi abuelo quería hacerse una casa aquí porque a mi abuela le encantaba, pero ella murió en el mismo accidente en el que murieron mis padres.

Sean frunció el ceño, pensando en el orgulloso Walter Stanford y en cuánto había perdido en un momento. Por eso se había agarrado a ese pedazo de tierra, pensó, mirándola con nuevos ojos, porque tenía recuerdos para él.

No debió ser fácil criar solo a una niña de cinco años, pero en su opinión había hecho un buen trabajo con Melinda.

Salvo por esa vena romántica.

–Creo que el hotel quedará muy bien aquí –murmuró ella, mirando alrededor.

–Eso espero –Sean apretó su mano mientras empezaba a caminar de nuevo.

–¿Cuándo empiezan las obras?

–Ya he hablado con la constructora de la isla...

–Ah, entonces habrás conocido a Tomin.

–Desde luego. ¿Sabías que es el príncipe heredero de Tesoro?

Melinda sacudió la cabeza.

–Según él, también es el príncipe de Tobago y el rey de Hawai.

–Y carpintero –añadió Sean, con una sonrisa.

–Un hombre de muchos talentos y con muchas historias que contar.

–Sí, es verdad. Y hablando de historias, ¿algo interesante de tu infancia que quieras contarme?

Ella lo miró, horrorizada.

–¿No te habrá contado lo del incidente con el banyano?

–Sí, me lo ha contado –Sean rio al ver su cara de susto–. Creo que deberíamos ir a ver ese árbol. Y deberíamos poner una placa.

–¿Una placa?

–Algo pequeño y de buen gusto –bromeó él–. Podría decir:

Melinda Stanford se tiró al agua desnuda desde aquí, pero se le engancharon las piernas en las raíces del banyano y no pudo salir hasta que su amiga Kathy fue a buscar ayuda.

Melinda soltó una carcajada.

–Algo pequeño y de buen gusto, ¿eh?

Sean se encogió de hombros.

–No sería muy grande.

–Entonces tenía catorce años.

–Ah, pero en mi mente eras bastante mayor.

–Sean… –Melinda intentó soltar su mano, pero él no se lo permitió.

–No puedes regañar a un hombre por tener imaginación.

–No, supongo que no.

–¿Lo ves? Nos llevamos fenomenal. Sin presiones, sin expectativas.

Eso era mentira, pero ella había mentido primero. No le había dicho nada sobre el hombre del que seguía enamorada antes de casarse con él, temporalmente o no. De modo que si quería dar a entender que no la deseaba, era lo más justo.

–No me tiré al agua desnuda, llevaba ropa interior. Mientras Kathy y yo subíamos al árbol, la marea se llevó nuestra ropa y… en fin, fue humillante que tuviera que ir a buscar a Tomin.

Sean imaginó a Melinda con un sujetador de encaje y un tanga de color rosa, sentada en el árbol, sonriéndole…

–Un banyano, ¿eh?

–¿Se puede saber qué estás pensando?

–Mejor no te lo digo –respondió él.

–No, mejor no –asintió Melinda–. Bueno, ¿y qué más te contó el cotilla de Tomin?

–Muchas cosas. Pero no te preocupes, sobre todo me habló sobre la gente de la constructora. Me dijo que es un equipo de buenos profesionales y que seríamos tontos si no los contratásemos.

–En eso tiene razón. Aunque seguro que no mencionó que él y sus cinco hijos forman el equipo.

–No, no me lo dijo –Sean sonrió–. Pero da igual. Entiendo que quiera trabajar con su familia.

Melinda se apoyó en un banyano.

–Yo siempre quise tener una familia. Siendo hija única a veces me sentía sola.

Él puso las manos sobre el tronco del árbol, a cada lado de su cara.

–Lo entiendo. También yo crecí solo.

–¿No creciste con tu familia?

Sean frunció el ceño. No entendía por qué le contaba cosas que no le había contado nadie, pero era demasiado tarde para retirarlo.

–Mis hermanos y yo tenemos diferente madre.

Ella enarcó una ceja.

–¿Ah, sí?

–Mi padre, Ben, creía en extender su semilla por el mundo –intentó bromear Sean–. No se casó con ninguna de las mujeres con las que mantuvo relaciones, pero dejó hijos por todas partes.

–¿Hijos, no hijas?

–No –Sean se inclinó para tomar una piedra del suelo, que lanzó al mar con todas sus fuerzas–. Al menos, que nosotros sepamos. Los King suelen tener niños, aunque alguno de nuestros primos ha tenido niñas últimamente.

–¿Tienes muchos primos?

–Montones.

–Ah, eso debe ser muy divertido.

–La verdad es que sí. Está bien tener gente que te aprecia –Sean hizo una pausa–. Pero no les cuentes que digo cosas agradables sobre ellos.

–Tu secreto está a salvo conmigo.

–Me alegro –dijo Sean, mirando del árbol a ella.

–¿Qué haces?

–Intentando imaginarte enganchada al árbol.

–No ocurrió aquí, fue al otro lado de la isla.

–Tengo que verlo por mí mismo –dijo él entonces, tomándola en brazos.

–¡Suéltame!

Sean se limitó a sonreír. Le gustaba tenerla apretada contra su cuerpo y, además, estaba claro que Melinda también lo estaba pasando en grande.

–Necesito verlo con mis propios ojos.

–¿Estás loco?

–No, qué va.

Riendo, Sean la sentó sobre una rama y Melinda se agarró a ella para mantener el equilibrio.

–Estás loco.

–Solo quería verte en el árbol.

–Pues ya me has visto. Ahora, bájame.

–Aún no he terminado –Sean puso las manos en sus rodillas mientras la miraba a los ojos, en silencio.

Melinda estaba nerviosa. Mejor, pensó. Eso significaba que no estaba tan segura de sí misma como quería aparentar.

–¿Has visto suficiente?

–No, aún no.

–Sean…

–¿Te pongo nerviosa?

Ella respiró profundamente.

–Pues claro que no.

–Mentirosa –se burló él.

–Ayúdame a bajar, por favor.

Parecía una ninfa sentada sobre la rama, el viento mezclando su pelo con las hojas.

Sean puso las manos en su cintura para bajarla del árbol y la dejó en el suelo, pero no la soltó.

Parecía… más pequeña, más vulnerable. Pero no debería pensar en Melinda de ese modo. No era su obligación protegerla. No podía seducirla y protegerla al mismo tiempo.

Y prefería seducirla.

Seguramente esa decisión lo convertía en un canalla, pero Sean estaba dispuesto a vivir con eso mientras consiguiera lo que quería: tener a Melinda en su cama.

Varios días después, mientras observaba a Sean charlando con Tomin y sus hijos, Melinda tuvo una revelación.

Sean King pertenecía a una familia famosa y era uno de los hombres más ricos del país, pero allí estaba, en vaqueros y camiseta, hablando con los trabajadores como si fuera uno de ellos. Parecía encantado y no era una farsa. Sencillamente, era uno de ellos.

Intentó imaginar a Steven charlando alegremente con Tomin, pero no era capaz. Steven siempre había estado más interesado en las cosas elegantes y finas de la vida que en los placeres sencillos. Solía decir que cuando se casaran y ella consiguiera su fideicomiso se marcharían de la isla y viajarían a sitios donde conocerían a «gente adecuada».

A Melinda no le había gustado cómo sonaba eso porque Tesoro era su hogar y siempre lo sería, pero Steven no era feliz allí. Qué curioso que no hubiera pensado en ello hasta ese momento.

Frunció el ceño, diciéndose a sí misma que estaba

siendo desleal. Steven había sido el amor de su vida y seguía echándolo de menos, daba igual que no estuvieran de acuerdo en todo.

–Podemos empezar con el movimiento de tierras de inmediato –la voz de Sean interrumpió sus pensamientos–. Y la semana que viene empezaremos con las tomas de agua y electricidad.

El viento le movía el pelo y Melinda tuvo que apretar los puños para contener la tentación de apartarlo de su frente. Enfadada, se recordó a sí misma que nunca traicionaría el recuerdo de Steven porque no estaba interesada en otro hombre.

Pero su cuerpo no le hacía caso.

–Suena bien –Tomin miró alrededor con ojo de experto–. Podría traer más gente de otra isla si hiciera falta.

–Lo haremos –le prometió Sean–. Nos va a hacer falta mucha gente porque cuando terminemos con el hotel tendremos que construir una casa para mi primo Rico.

–Buenas noticias para todos –dijo Tomin–. ¿Y los árboles? ¿Quiere que los arranquemos?

Melinda contuvo el aliento. Sabía que tendrían que arrancar algunos de los viejos banyanos para construir el hotel, pero eran parte de la isla y pensar en perder unos árboles que tenían más de cien años le rompía el corazón.

Por supuesto, pensó, Steven se habría reído de eso. Siempre le decía que le importaban demasiado cosas que no deberían importarle y ella detestaba que dijera eso.

–No, no lo creo –oyó que decía Sean–. Construiremos alrededor de los árboles. Sería una pena cortarlos, ¿no?

–Desde luego –asintió Tomin–. Pero le va a costar mucho dinero cambiar los planos para acomodar los árboles.

Sean se encogió de hombros.

–A veces merece la pena hacer un esfuerzo.

Melinda se preguntó si estaba hablando de los árboles o de ella. Se había mostrado tan atento esos últimos días…

Sean caía bien a todo el mundo. Jugaba al ajedrez con su abuelo por las tardes, los empleados del hotel comían en la palma de su mano y Kathy estaba encantada.

Pero con ella era más que encantador. Parecía estar tocándola todo el tiempo: tomando su mano, pasándole un brazo por los hombros, apartando el pelo de su cara. Y cada roce era como una cerilla lanzada sobre un montón de paja.

Y quería salvar los árboles por ella.

Cuando lo miró a los ojos supo que estaba recordando el árbol sobre cuya rama la había sentado; ese momento en el que se miraron a los ojos bajo las ramas del banyano. Y sintió un pellizco en el corazón.

Sinceramente, no entendía a Sean King y eso la preocupaba un poco. Al principio había sido un simple acuerdo beneficioso para los dos, pero ya no estaba tan segura. Sentía como si de verdad se hubiera casado con un extraño.

Lo que había leído sobre él no la había preparado

para el auténtico Sean King, para su generosidad, su amabilidad, su consideración.

Y cuando él esbozó una sonrisa a la que estaba empezando a acostumbrarse, Melinda supo que estaba en peligro.

—Bueno, hablemos de la maquinaria. ¿Qué equipo tenéis en la isla? Mis hermanos tienen un barco que partirá mañana hacia Tesoro, pero si necesitamos algo en particular puedo pedir que lo incluyan.

Tomin se frotó las manos.

—Voy a decirle lo que pienso...

Melinda caminaba tras ellos, escuchando la conversación mientras intentaba controlar los pensamientos que daban vueltas en su cabeza.

—Aquí tienen un buldózer y una grúa, pero necesitaremos una hormigonera y una grúa más —estaba diciéndole Sean a Rafe esa tarde.

—Muy bien —su hermano tomó nota antes de mirar hacia la cámara—. Llevaremos gente de aquí. No creo que sea difícil encontrar gente que quiera trabajar en el Caribe.

—No, seguro que no.

—¿Qué tal va todo por ahí?

—No va mal —respondió Sean, echándose hacia atrás en la silla.

La suite que hacía las veces de oficina temporal era amplia y luminosa, pero tenía la impresión de pasar todo el tiempo en el hotel Stanford. Si no estaba en la oficina estaba en el restaurante o en el bar... o intentando dormir en el horrible sofá de la suite que compartía con Melinda, preguntándose qué se habría puesto para dormir cada noche.

Era penoso.

–Sí, lo vendes muy bien –se burló Rafe–. Casi te creo.

Ah, el sarcasmo, otro rasgo de la familia King.

–Va todo bien, en serio. No hay mucho más que contar.

–Ya te dije que no te casaras con esa mujer –murmuró Rafe.

A Sean le molestó que se refiriese a Melinda como «esa mujer». No se preguntó por qué, sencillamente le molestó.

–Los «ya te lo dije» ayudan mucho.

Rafe dejó escapar un suspiro, golpeando la mesa con el bolígrafo. El gesto le resultaba tan familiar que casi podía creer que estaba en la oficina de Long Beach. Aunque si estuviera en casa, las cosas serían mucho más sencillas.

No habría una Melinda haciendo que perdiera la cabeza, por ejemplo.

–He hablado con Garrett –dijo Rafe entonces.

Sean se levantó de un salto.

–¿Qué clase de lealtad familiar es esta?

Había llamado a su primo, Garrett King, el día anterior y Rafe ya lo sabía. Menudo experto en seguridad, pensó, irónico. Garrett y su hermano gemelo, Griffin, tenían una de las empresas de seguridad más importantes del país y solían trabajar para los ricos y famosos. Pero Sean no sabía que Garrett no supiera tener la boca cerrada.

–Relájate, no me llamó para hablarme de ti. Le llamé yo para que investigase una serie de robos en el almacén.

–¿Robos? ¿Por qué no me lo habías contado antes?

–Lucas y yo pensábamos que tenías suficiente trabajo ahora mismo.

–Ah, gracias por pensar por mí. ¿Se puede saber qué pasa?

Rafe se encogió de hombros.

–Lo que he dicho. Ha habido algunos robos en el almacén del puerto y se han llevado un par de cosas.

–¿Cuánto valen ese «par de cosas»?

Su hermano se pasó una mano por el pelo.

–Por el momento, hemos perdido ciento cincuenta mil dólares en equipo y materiales.

–¡Maldita sea, Rafe, deberías habérmelo contado antes!

–¿Por qué? ¿Tú sabes quién lo ha hecho?

–No, pero tengo derecho a saber qué está pasando en nuestro negocio.

Era como si estuviese en Plutón, pensó. Estar en la isla lo dejaba fuera del negocio que sus hermanos y él habían levantado y no le gustaba nada. Sean no tenía mucho en la vida aparte de su familia, y era exasperante que lo dejasen fuera, aunque lo hiciesen con buena intención.

–Perdona que te haya querido ahorrar problemas mientras estás en el paraíso –replicó Rafe–. A partir de ahora, te mantendré informado de todo.

Eso era lo más parecido a una disculpa que iba a conseguir.

–Muy bien.

–Y sobre Garrett… ¿le has pedido que investigue al antiguo prometido de tu mujer?

Séan suspiró. Sabía que no iba a dejarlo pasar, por supuesto.

–Llámame curioso, pero quiero saber algo más sobre ese tipo. Quién era, a qué se dedicaba… tal y como Melinda habla de él parece una mezcla entre la madre Teresa y un superhéroe.

–¿Y eso te cabrea?

–Pues claro que sí –admitió Sean. Pero había algo más y esa parte decidió reservarla para sí mismo.

Quería averiguar cómo luchar contra el recuerdo de Steven para hacer que Melinda lo olvidase. Y para hacer eso necesitaba saber contra qué estaba luchando.

–Mira, no iba a contarte esto –empezó a decir Rafe– pero Lucas ha apostado mil dólares a que ese matrimonio absurdo no durará los dos meses.

–Pues van a ser los mil dólares más fáciles que hayas ganado en tu vida.

–No soy tonto –dijo Rafe–. Yo sabía que no te echarías atrás porque eres el más testarudo de todos.

–Gracias… supongo. Puedes decirle a Lucas de mi parte que voy a quedarme aquí.

–Lo haré. El problema es que él no va a creerlo. ¿Por qué no me cuentas qué pasa, Sean?

–No estoy buscando un confesor –replicó él, molesto.

–Solo intento ayudar.

–Tú no puedes hacer nada, Rafe.

Lo único que podía resolver el problema de Sean era tener a Melinda en su cama. Debajo de él, encima de él, de lado...

—¡Sean!

—¿Por qué gritas?

—Porque, de repente, estabas en las nubes —dijo su hermano—. ¿Te importaría contarme en qué estás pensando?

—¿Tú quisiste hablar de Katie con alguno de nosotros?

—Está bien, hablemos de trabajo entonces.

—Mejor.

—¿Eso es todo? —le preguntó Rafe, después de que hubieran contrastado sus notas.

—Necesito una cosa más.

—¿Ah, sí? —Rafe escuchó mientras él le contaba lo que quería—. Muy bien, ningún problema.

—Estupendo —Sean puso los pies sobre la mesa—. ¿El barco partirá mañana?

—Debería llegar a Tesoro a mediados de semana, pero el otro paquete llegará mañana mismo.

—Te lo agradezco.

—Hablaremos en un par de días —Rafe hizo una pausa—. Si necesitas algo, ya sabes dónde estamos.

—Gracias.

Por irritantes que pudieran ser sus hermanos a veces, era bueno saber que siempre estaban ahí. Aunque Lucas fuese tan tonto como para apostar contra él.

Sean cortó la comunicación, cerró el ordenador y se dio la vuelta para mirar el maravilloso paisaje.

El mar lo llamaba, la luz del sol, el aire fresco... si no salía pronto del hotel iba a perder la cabeza.

Pero podía esperar un día más.

Y en cuanto llegase el paquete de Long Beach, daría el primer paso.

Capítulo Ocho

Era un día perfecto para navegar.

Melinda llevaba el pelo sujeto en una trenza, camiseta roja, pantalón corto blanco y zapatillas con suela de goma para no resbalar sobre la cubierta.

Poniendo las manos a modo de pantalla sobre los ojos, miró alrededor. A la izquierda estaba la isla, todo lo demás era mar.

A lo lejos, las nubes se acumulaban amenazadoramente en el horizonte, pero por el momento hacía un día maravillosamente soleado.

Sonriendo, se volvió para mirar a Sean. Parecía como en su casa sujetando el timón, sus ojos azules concentrados en el mar. Y se preguntó si habría alguna ocasión en la que Sean King no pareciese estar al mando.

No, seguramente no.

Pero en aquel clima tropical, los vaqueros negros y la camiseta del mismo color le daban un aspecto más peligroso del habitual. Y eso era decir mucho.

Respirando profundamente, Melinda aprovechó la oportunidad para observarlo. De espaldas a ella no podía verla, afortunadamente. No quería que supiera que cada día era más difícil controlar el deseo que sentía por él.

Era como si un millón de mariposas revolotearan por su estómago cada vez que lo miraba; una sensación a la que ya casi estaba acostumbrada.

Melinda observó su ancha espalda, la estrecha cintura y las largas y poderosas piernas. Iba descalzo y le pareció tan sexy que tuvo que tragar saliva.

Sean King era la tentación en persona.

Aquella última semana había sido… asombrosa. Después de esa tarde en la parcela habían pasado todos los días juntos. Sean la hacía reír, le pedía opinión sobre el diseño del hotel y, en general, la hacía sentir esencial.

La escuchaba con atención, la entretenía con historias sobre su familia y llenaba sus sueños con imágenes que la dejaban ardiendo de deseo.

Nunca había experimentando nada de eso con Steven y eso le hacía sentir culpable. Al contrario que Sean, Steven había sido un hombre más bien superficial.

No podía creer que estuviera pensando así, pero si debía ser sincera, ese era el calificativo que mejor lo describía. Nunca hablaban de nada serio, nunca hacían planes de futuro. Lo único importante era el momento.

Emocionante, pero…

Sean giró la cabeza en ese momento y sus ojos azules se clavaron en los suyos. Estaba sonriendo y casi podría jurar que esa sonrisa la atraía hacia su órbita. No parecía encontrar la forma de evitarlo y, como estaba siendo sincera, Melinda podía admitir que no quería hacerlo. Le gustaba estar con Sean, disfrutaba cuando tocaba su brazo, tomaba su mano o apartaba el pelo de su cara. Se había acostumbrado a estar con él.

Y, de repente, la idea de que su matrimonio terminase en unas semanas le parecía más un desencanto que una liberación.

–¿Estás pensando cosas serias?

–No –mintió ella.

–Me alegro. Hace un día demasiado bonito como para pensar en cosas serias –dijo Sean–. Ven aquí.

Melinda se acercó, sonriendo. *El Corazón* era tan familiar para ella como la suite del hotel. Prácticamente había crecido en ese yate, que su abuelo adoraba. Aunque a él nunca le había gustado demasiado navegar a vela. Decía que prefería ir rápido que esperar una señal del cielo para poder ir a algún sitio.

De modo que el motor del barco era poderoso y el casco moderno. *El Corazón* recorría las cristalinas aguas como un cuchillo caliente atravesando una barra de mantequilla.

–Es un barco estupendo –dijo Sean, girando el timón hacia la playa.

–Mi abuelo y yo solíamos salir a navegar cuando yo era pequeña y siempre me ha encantado.

–No me sorprende –murmuró él, sin apartar la mirada del mar. Eso era algo que le gustaba de Sean, su concentración. Especialmente cuando se centraba en ella–. Ya no se hacen barcos así, ahora todos son de fibra de vidrio. Claro que mi hermano Decker tiene una compañía que construye lo que él llama «barcos de verdad», embarcaciones de lujo como esta. A Deck le encantaría, es muy sexy.

Sí, pensó ella. «Sexy» lo describía muy bien. Aunque no estaba pensando en el barco en ese momento sino mirando a Sean mientras movía expertamente el timón hasta una playa rodeada de árboles al otro lado de la isla.

Él apagó el motor y echó el ancla, el ruido metálico hacía eco en el aire mientras caía al fondo del mar.

Cuando todo quedó en silencio de nuevo, solo podía escuchar el sonido del agua golpeando el casco del barco y el canto de los pájaros sobre las ramas de los árboles.

—Se te da muy bien manejar un barco —comentó—. ¿Creciste cerca del mar?

—No, al contrario, crecí en Las Vegas —respondió Sean—. Mi madre era una bailarina del Tropicana, de modo que mis recuerdos de infancia son el calor del desierto, el brillo de los neones y la silenciosa desesperación de los casinos.

Sorprendida, Melinda se sentó a su lado.

—No se me había ocurrido que Las Vegas pudiera ser el hogar de nadie.

—No lo era —murmuró él, mirando hacia la playa—. Solo viví allí hasta los dieciséis años.

—¿Y qué pasó entonces?

—Me mudé a casa de mi padre hasta que me fui a la universidad y...

—¿Y qué?

Sean dejó escapar un suspiro.

—¿Por qué siempre te cuento cosas que no le he contado a nadie?

—¿Porque es más fácil hablar con extraños?

Él esbozó una sonrisa.

–No somos extraños, Melinda.

–No, supongo que no –asintió ella, pensando que seguramente conocía a Sean mejor de lo que había conocido a Steven, a quien había prometido amar para siempre. Claro que el tiempo no tenía nada que ver con los sentimientos, ¿no? Uno podía tratar a alguien durante años y, sin embargo, no conocerlo de verdad. O, como en el caso de Sean, sentir una afinidad instantánea, esa atracción magnética que unía un alma con otra…

–Tal vez soy un rostro amistoso –sugirió, para interrumpir sus propios pensamientos.

Sean la miró, en silencio, durante unos segundos.

–Tú tienes un rostro precioso, así que tal vez tengas razón. Tal vez me muero por una cara bonita.

Melinda rio.

–No creo que tú te mueras por nada.

–No podrías estar más equivocada, cariño.

Había un mundo de dolor en esas palabras y en las sombras de sus ojos y, de manera instintiva, Melinda puso una mano en su brazo. Siempre estaba sonriendo, siempre parecía estar bien, pero saber que había una sombra detrás de todo eso le importaba más de lo que querría admitir.

–¿Qué ocurre, Sean?

–Nada… –respondió él, tomando su mano–. ¿Qué es esto?

El abrupto cambio de tema la sorprendió y Melinda vio que estaba señalando una marca roja en la palma de su mano.

–Ah, no es nada, una quemadura.

–¿Cómo te has quemado?

Ella se encogió de hombros.

–Con un soplete.

El roce de su mano estaba haciéndole sentir escalofríos. No tenía nada que ver con el propio Sean, nada que ver con el calor que sentía por dentro, se decía. Pero ni siquiera ella misma lo creía.

–¿Qué estabas haciendo con un soplete?

Sonriendo, Melinda apartó la mano. Cada vez que la tocaba su cerebro parecía irse de vacaciones y, como estaban solos, necesitaba toda su fuerza de voluntad.

Durante la última semana, Sean había ido minando sus defensas y solo el recuerdo de Steven había impedido que se rindiera.

–Si tú puedes guardar secretos, yo también.

–Pero yo te he contado algún secreto, así que me debes uno. Y me gustaría saber cómo te has hecho esto.

Sus ojos eran alegres de nuevo, sin esas sombras que había visto antes. ¿Cómo era posible desear a alguien y no desearlo al mismo tiempo?

Una buena pregunta para la que no tenía respuesta por el momento.

–Cuando volvamos al hotel te lo enseñaré.

–¿Me lo enseñarás? –repitió él–. Ah, muy bien, me gustan los juegos.

–Seguro que sí –murmuró Melinda, pensando que estaba metida en un buen lío.

Sean parecía estar disfrutando de su nerviosismo,

pero en lugar de presionarla se apartó un poco y una parte de ella hubiera querido protestar, lo cual era muy irritante. ¿Su cuerpo se negaba a aceptar el mensaje que le enviaba su cerebro?

–Este es un buen sitio para una merienda, ¿no?

–¿Una merienda? Pensé que habíamos salido a navegar.

Sean se levantó para tirar la escalerilla por la borda.

–Podríamos merendar y luego bañarnos.

–No he traído bañador.

–Ah, el bañador es opcional –Sean le guiñó un ojo.

El corazón de Melinda se volvió loco mientras lo veía bajar al camarote.

¿Bañarse desnuda con Sean King? Eso sería un tremendo error. Aunque sentía la tentación de verlo desnudo y mojado...

Su mente conjuró una imagen que hizo que le temblasen las rodillas. No, no podía hacerlo. Era su marido, pero no. Estaban casados, pero no. El sexo estaba fuera de la cuestión, ¿o no?

–Tengo una sorpresa para ti –dijo Sean entonces.

–¿Qué es?

–Ven a verlo por ti misma.

–Puedo verlo desde aquí.

Era más seguro así. Debía mantener las distancias porque, aunque el barco siempre le había parecido enorme, en aquel momento le parecía diminuto.

Sean sonrió como si supiera lo que estaba pensando... y seguramente así era.

–Muy bien –asintió, abriendo una cesta de mimbre

preparada por el chef del hotel de la que sacó una fiambrera blanca–. Pero si no vienes, no podrás probar lo que mi cuñada Katie nos ha enviado…

Katie, a la que Sean llamaba «la reina de las galletas».

Curiosa, Melinda se acercó y lo vio sacar una galleta de la fiambrera. Era del tamaño de una mano, hecha de chocolate blanco…

–Estás haciendo trampas.

–Lo sé –Sean le dio un mordisco y cerró los ojos, poniendo cara de felicidad–. Me ha enviado mis favoritas.

A Melinda se le hacía la boca agua, pero estaba segura de que las galletas no tenían nada que ver. Era a Sean a quien querría dar un mordisco.

«Ay, Dios mío».

–Se derriten en la boca –siguió él–. Katie dice que son galletas mexicanas, pero ellas las hace más grandes y pone trocitos de chocolate por dentro.

–Suena de maravilla.

–Katie es una diosa de las galletas…

Melinda dio un paso adelante y luego otro… y antes de que se diera cuenta estaba frente al hombre que le hacía perder la cabeza.

–¿No vas a compartirlas?

–Por supuesto –le aseguró él, ofreciéndole la fiambrera.

Melinda mordió una galleta y, de inmediato, sintió que se derretía en su boca. Sin darse cuenta, dejó escapar un suspiro y Sean esbozó una sonrisa.

–¿Lo ves? ¿No te había dicho que Katie era la reina de las galletas?

–Tal vez deberías haberte casado con ella –Melinda estaba empezando a hartarse de la fabulosa Katie King. Aunque debía admitir que sus galletas estaban riquísimas.

–A Rafe no le gustaría que hiciera eso –bromeó Sean–. Además, ya tengo una esposa.

Melinda contuvo el aliento cuando se acercó un poco más, transmitiéndole el calor de su cuerpo… aunque ya sentía como si estuviera en una caldera.

La tensión sexual que había ido creciendo entre ellos durante esas semanas, de repente se había vuelto insoportable. Ella intentaba aferrarse al recuerdo de Steven, pero Sean había ido minando sus defensas, su resolución, hasta que no quedaba nada.

Y tal vez, pensó, ya no quería resistirse. Tal vez solo quería vivir, sentir, liberarse de esa presión. El brillo de sus ojos le decía que Sean sentía lo mismo y Melinda supo, sin la menor duda, que estaba a punto de dejarse llevar por el deseo que se había apoderado de ella desde que lo conoció.

De repente, Sean le quitó la galleta y la tiró por la borda.

–¿Qué haces?

–Vamos a darle el postre a los peces. Y hablando de postres… –dijo él, sentándola sobre sus rodillas.

–Sean, no deberíamos…

–¿Por qué no?

Estaba temblando cuando Sean le puso las manos en la cintura. Llevaba tanto tiempo luchando contra su instinto, contra el deseo que sentía por él, que era como una segunda naturaleza.

Pero la verdad era que no quería seguir luchando. Deseaba a Sean más de lo que deseaba respirar. Necesitaba que la tocase, que la besase… y mucho más. Lo quería todo.

Lo necesitaba.

En cuanto se apoderó de su boca, su cerebro dejó de funcionar. Había demasiadas sensaciones en su interior como para permitir el paso de un solo pensamiento coherente. Él abrió sus labios con la lengua y el roce solo sirvió para aventar las llamas.

Melinda le echó los brazos al cuello para devolverle el beso y Sean metió las manos bajo su camiseta para desabrochar el sujetador con dedos expertos. Un segundo después, tiraba de la camiseta, llevándose el sujetador con ella.

La fresca caricia de la brisa sobre sus pechos desnudos la hacía sentir deliciosamente perversa…

Sean tiró suavemente de un pezón hasta hacerla gemir de placer y Melinda cerró los ojos, arqueándose hacia él, sujetándose a sus hombros con las dos manos.

–Eres preciosa –murmuró él, en su oscura mirada una pasión que rivalizaba con la suya.

Quería tocarlo como la estaba tocando él y no estaba dispuesta a esperar un minuto más.

–Quítatela –murmuró, tirando de su camisa.

Sean lo hizo, tirándola sobre la cubierta, y Melinda suspiró mientras deslizaba las manos por su torso, tan bronceado y bien definido que podría ser el torso de una estatua. Pero era real, cálido… Melinda sonrió para sí misma, satisfecha al ver cuánto lo afectaban sus caricias.

Claro que la sonrisa solo duró un momento porque Sean la apretó contra su torso y se apoderó de su boca.

Sus lenguas bailaban mientras, con una mano, acariciaba sus pechos y bajaba la cremallera del pantalón con la otra.

Se estremeció en cuando la rozó entre las piernas. Había esperado tanto tiempo que sus terminaciones nerviosas estaban como electrizadas. El más ligero roce la haría explotar.

Pero también él parecía saber eso y, en lugar de acariciar su punto más sensible, enviándola al clímax, la exploró primero con un dedo, acariciando sus paredes internas hasta que Melinda abrió las piernas, moviéndose hacia su mano sin poder contenerse.

–Vamos –dijo él, con voz ronca de deseo–. Déjate ir. Deja que te vea…

–Sean… –musitó ella, jadeando, con los ojos cerrados. La luz del sol era demasiado fuerte, el mundo parecía contener el aliento.

–Hazlo –insistió él, inclinando la cabeza para besarle la garganta.

Como respuesta, Melinda se agarró a sus hombros mientras movía las caderas con un ritmo rápido y desesperado. Y cuando él rozó su clítoris con el pulgar, llegó al clímax gritando su nombre mientras su cuerpo parecía fragmentarse en mil pedazos.

Después, estaba agotada, pero Sean la tomó en brazos para tumbarla sobre uno de los bancos de cubierta antes de desnudarse a toda prisa.

Se quedó sin aliento al verlo desnudo. Era más

grande de lo que había esperado y esa imagen despertó un nuevo río de lava entre sus piernas...

–Me estás matando –murmuró Sean, sacando un preservativo de la cartera para ponérselo sin dejar de mirarla a los ojos.

–Te quiero dentro de mí –susurró ella. Y, de inmediato, vio un brillo de ansia en sus ojos–. Te necesito.

–Lo sé.

Melinda levantó las caderas para quitarse el pantalón y las braguitas, abriendo las piernas en silenciosa invitación.

–Tengo que hacerte mía.

–Sí, por favor.

Sean la cubrió con su cuerpo y ella levantó las piernas para envolver su cintura. Al notar el roce del miembro masculino en su entrada, Melinda gimió, arqueándose hacia él.

Pero Sean se contuvo, haciendo lentos círculos sobre sus pliegues, frotándolos hasta que la tuvo temblando de deseo.

–Te quiero dentro de mí....

–Espera –dijo Sean, con voz ronca. Y Melinda supo que la espera era igualmente difícil para él.

–Nos estás volviendo locos a los dos...

–Lo sé, pero va a ser genial.

Melinda acarició su torso, rozando las diminutas tetillas con las yemas de los dedos. Cuando lo oyó contener el aliento supo que no tardaría mucho en conseguir lo que quería: tenerlo dentro de ella.

–He estado soñando con este momento durante semanas y quiero que dure.

–También yo he estado soñando con ello –admitió Melinda, pasando los dedos por la sedosa punta de su miembro–. Y lo deseo más que nada.

Sean cerró los ojos, como si estuviera a punto de perder el control. Pero Melinda no quería que se controlase, ya no. Porque había tomado una decisión y, por fin, los dos estaban donde querían estar.

Quería verlo frenético, desesperado; quería que experimentara lo que ella estaba experimentando.

Apenas podía creer lo que sentía. Nunca había sentido nada así, ni con Steven ni con nadie. Sean la llevaba a sitios que no sabía que existieran. Un momento antes había experimentado el orgasmo más fabuloso de su vida y estaba a punto de tener otro.

Y luego otro.

El agua seguía golpeando el casco del barco, los pájaros cantaban sobre los árboles de la playa y el viento era una caricia constante en su piel. Era un día precioso.

Y estaba a punto de ser aún más bonito.

Capítulo Nueve

Melinda envolvió su miembro con los dedos y Sean dejó escapar un gemido, sabiendo que no podría esperar un segundo más.

Atrapado en su propia trampa, se rindió a lo inevitable mientras entraba en ella, pero el íntimo abrazo casi lo hizo perder la cabeza.

Percibir el placer de Melinda aumentaba el suyo y ver sus ojos ensombrecidos de pasión despertó algo en él que no había conocido antes. No podía identificar esa emoción, ni siquiera quería intentarlo.

Melinda juntó los tobillos en su cintura, empujándolo hacia ella, y algo dentro de su pecho se encogió. Pero decidió ignorarlo. Aquello era sexo, pasión, deseo.

Nada más.

Eso era lo que había querido desde que se casó con ella y no perdería un solo segundo intentando ponerle nombre.

Apoyándose en los talones, se echó hacia atrás, llevándola con él, y la guió sujetando sus caderas.

–Sean, esto es… maravilloso.

–Sí –logró decir él, inclinando la cabeza para rozar uno de sus pezones con los labios–. No pares…

Sean sujetaba sus caderas con fuerza mientras Melinda aumentaba el ritmo y, al sentir el primer espasmo, explotó con ella, montando las olas de placer hasta que por fin, abrazados, cayeron el uno sobre el otro.

Minutos después seguían en la misma postura, el uno sobre el otro, intentando respirar. Melinda tenía la cara apoyada sobre su hombro mientras Sean le pasaba las manos por la espalda una y otra vez. Su corazón latía desbocado y estaba seguro de que su cerebro se había derretido.

Lo maravillaba que aquella mujer pequeña y llena de curvas lo hubiese hecho perder la cabeza de ese modo.

No estaba preparado para eso y supo que tenía que decir algo.

—He debido ser un canalla en otra vida.

—¿Qué? —Melinda levantó la cabeza para mirarlo.

—Es la única explicación que encuentro. Cuando estoy contigo, siempre acabo en sofás o en bancos que son demasiado estrechos para mí.

Ella lo miró en silencio durante un segundo antes de soltar una carcajada.

—¿De qué te ríes?

—Lo siento, es que acabo de recordar la primera vez que te vi en el sofá de la suite. Me dabas pena, pero…

—¿Pero?

—Estabas muy gracioso con las piernas colgando a los lados y los pies asomando bajo la manta.

De modo que lo había observado mientras dormía…

Esa era una noticia excelente, pero pensaría en ello más tarde. Por el momento, lo importante era que Melinda pensaba en él, sin acordarse de Steven.

–Así que a ti te parecía gracioso mientras yo lo estaba pasando fatal, ¿eh?

–No exageres.

–Creo recordar que dijimos algo de bañarnos…

–Sean…

Él se levantó del banco, sin soltarla.

–¡No! –exclamó Melinda, intentado poner los pies en el suelo.

–¿Cómo que no? Y cuidado con las patadas, no querrás hacerme daño en un sitio que vaya a necesitar más tarde.

–Si haces lo que creo que vas a hacer, no vas a necesitarlo más tarde –le advirtió ella.

Sean puso cara de dolor.

–No seas mala.

–Déjame en el suelo.

–No pienso hacerlo. Estamos desnudos, lo único que queda es tirarnos al agua.

Y eso hizo.

El grito de Melinda quedó ahogado cuando se hundió bajo la superficie, pero enseguida sacó la cabeza, apartándose el pelo de la cara.

–Eres un aprovechado…

Sean abrió los ojos bajo el agua para admirar su cuerpo desnudo antes de subir a la superficie.

–Y tú eres muy guapa.

Riendo, tiró de ella para besarla y a Melinda no le importó. Al contrario, le echó los brazos al cuello, pateando para mantenerse a flote.

—Lo único mejor que el sexo en tierra firme es el sexo en el mar.

Ella se mordió los labios.

—Demuéstralo.

—Ah, me encanta convencer a una escéptica.

Sin soltarla, Sean nadó un poco para llegar a un sitio en el que hicieran pie, donde el agua fresca y transparente apenas cubría sus pechos.

—Este es un sitio perfecto.

Melinda abrió las piernas para enredarlas en su cintura, esbozando una pícara sonrisa. El corazón de Sean latía dolorosamente dentro de su pecho mientras volvía a apoderarse de su boca, tragándose sus gemidos de placer.

Sí, era el sitio perfecto, pensó antes de que su cerebro dejase de funcionar, atrapado en su propia trampa.

—¿Es aquí donde te quemaste la mano? —le preguntó Sean una hora después, mientras entraban en una de las suites del hotel.

—Sí —respondió Melinda.

—¿Cómo? ¿Eres pirómana?

Riendo, ella negó con la cabeza. Era raro, pero nunca se había sentido tan cansada y tan excitada al mismo tiempo. Habían pasado casi todo el día en el agua y pensar en lo que habían hecho la hizo contener un suspiro de satisfacción. Si no se hubiera desatado una tormenta, seguramente seguirían allí.

–No soy pirómana, tonto –Melinda introdujo la tarjeta magnética y empujó el picaporte.

Nunca había invitado a nadie a la suite que utilizaba como taller; Sean era el primero. Ni siquiera Steven había estado allí. Claro que Steven nunca había mostrado interés por su trabajo.

Frunciendo el ceño, se dio cuenta de que Steven nunca había querido saber nada de lo que hacía.

¿Pero por qué de repente pensaba eso sobre el hombre con el que había estado a punto de casarse?

Sacudiendo la cabeza, entró en la suite y encendió la luz.

Sean vio una larga mesa de trabajo y una estantería de cristal llena de joyas.

–Pero bueno…

–Hago joyas –Melinda abrió la puerta de la estantería para sacar una caja de terciopelo–. Suelo trabajar con oro y plata sobre todo –le dijo, mostrándole un anillo y un prendedor en forma de mariposa–. Este collar es un regalo de cumpleaños para Kathy. Estoy a punto de terminarlo.

–Es increíble –murmuró Sean.

–Y estos pendientes son para una joyería del pueblo.

–Entonces, el anillo que te regalé…

Melinda sonrió.

–Sí, lo hice yo. Y me encanta que lo comprases.

–Lo compré porque es precioso.

–Tienes muy buen gusto –bromeó ella.

–Yo también lo creo –asintió Sean–. Haces unas cosas preciosas, pero las vendes demasiado baratas. Eres una artista, Melinda.

–Muchas gracias.

–En serio, deberías ser famosa. Deberías vender en Tiffany y joyerías así.

Ella rio, contenta. Salvo Kathy, nadie le había dicho eso. Y James Noble nunca tenía problemas para vender sus piezas, pero que Sean lo dijera la emocionó.

–Esta es una de las razones por las que quería tener acceso a mi fideicomiso. Quiero abrir una joyería propia en la isla.

Sean sacudió la cabeza, atónito.

–¿Por qué solo vendes en las joyerías del pueblo? Tu abuelo podría abrir una en el hotel.

Melinda se encogió de hombros.

–A mi abuelo no le parece bien que trabaje.

–Ah, claro.

–Ya sabes que es muy anticuado. Pero, en su defensa, debo decir que le preocupaba que mi trabajo no fuera lo bastante bueno.

–¿En su defensa? –repitió él, incrédulo.

–Temía que me llevara una desilusión si no podía vender mis joyas.

–Pero ahora que nos hemos casado, conseguirás tu fideicomiso. ¿Y luego qué? ¿Te irás de Tesoro? ¿Te mudarás a la gran ciudad para vender tus joyas?

–No, no quiero irme de aquí. Esta es mi casa y, además, es el único sitio en el mundo en el que puedo conseguir el topacio de Tesoro.

–Sí, es verdad –asintió Sean–. El fideicomiso te servirá para abrir un negocio aquí y hacer lo que más te gusta.

–Eso es.

–Entonces, merece la pena que nos hayamos casado.

–Yo pienso lo mismo –Melinda tembló cuando Sean le tomó la mano para mirar la quemadura.

–Si te doy un besito, se te pasará el dolor.

–Ya no me duele.

No debería desearlo de nuevo porque estaba saciada y contenta después de haber pasado la tarde con él. Pero lo deseaba. Y temía que ese deseo no desapareciera nunca.

Unas semanas más y aquel matrimonio habría terminado. Ella tendría su fideicomiso y su ansiado negocio. Sería independiente y... ¿y por qué todo eso sonaba tan solitario?

Sean la tomó por la cintura y Melinda decidió dejar de pensar en el futuro, aceptar cada día y disfrutarlo.

Nada le gustaría más que bautizar su taller con recuerdos que se quedarían con ella mucho después de que Sean se hubiera ido.

La cena con su abuelo fue bastante bien.

Por supuesto, Sean tuvo que hacer un esfuerzo para apartar la mirada de Melinda y concentrarse en la conversación con Walter, pero la sabia mirada del anciano le decía que sabía lo que sentía.

Una pena que estuviera tan equivocado sobre ese matrimonio.

Walter no sabía que su unión era temporal y estaba encantado mientras él se sentía como una rata traidora por mentirle.

Sean apretó los dientes, diciéndose a sí mismo que había aceptado aquello voluntariamente y no tenía derecho a quejarse. Pero iba en contra de su naturaleza.

Melinda le sonrió desde el otro lado de la mesa y, de inmediato, esa sonrisa conjuró una imagen de ella desnuda en el agua...

Estaba listo para echársela al hombro y llevarla a la cama. Y se dio cuenta entonces de que el único sitio donde no habían hecho el amor era la cama. Aunque hacerlo en el barco había sido una experiencia increíble.

–¿Qué te ha parecido el barco? –le preguntó Walter.

Sean se sobresaltó, esperando que no pudiera leer sus pensamientos.

–Es una preciosidad. No recuerdo haberlo pasado tan bien en el agua.

Melinda apartó la mirada de inmediato y él sonrió para sí mismo.

–Me alegra saberlo –dijo Walter–. Yo no suelo salir a navegar, pero vosotros podéis usar el barco cuando queráis.

–Lo haremos.

Melinda tomó un largo trago de vino, sin mirarlo.

–Hablé con mis hermanos el otro día –empezó a

decir Sean, para cambiar de tema–. El equipo llegará en unos días y pronto podremos empezar la construcción.

–Maravilloso –dijo Walter–. La gente de Tesoro está muy esperanzada con ese hotel.

–¿Y tú?

El hombre dejó escapar un largo suspiro.

–Yo también. Los cambios casi siempre son buenos. Hacen que un hombre se mantenga joven, interesado en todo lo que ocurre a su alrededor.

–Tú siempre serás joven, abuelo –dijo Melinda, apretando su mano.

–¿Lo ves? ¿Ves cómo se mete en mi corazón? –Walter se llevó la mano de Melinda a los labios para besarla y frunció el ceño al ver la quemadura–. Debes tener más cuidado, hija.

–Yo le he dicho lo mismo –comentó Sean.

–Ah, claro, ahora os vais a unir contra mí –bromeó Melinda.

–Para eso está la familia.

–Ya, claro.

–¿Te ha enseñado su taller?

–Sí, esta tarde –respondió Sean–. Hace unas joyas preciosas.

–Es una bonita afición –asintió Walter.

Melinda puso los ojos en blanco y Sean tuvo que esconder una sonrisa. Era curioso que, a pesar de quererla tanto, Walter siguiera creyendo que su trabajo con las joyas no era más que una afición. Era insultante, pero ni Melinda ni él lo veían así.

–Ah, por cierto, si necesitas un sitio para alojar a

los obreros, tengo un hotel más pequeño no lejos de aquí. No es demasiado elegante, pero seguro que los hombres estarían cómodos.

–Te lo agradezco mucho. Melinda me ha contado que habías pensado construir una casa allí.

–Sí, es cierto –el anciano tomó su taza de café–. Pero cuando perdí a mi mujer y a los padres de Melinda, decidí quedarme aquí. Cuando tienes que criar solo a una niña, necesitas toda la ayuda posible –Walter miró a Melinda–. Aquí todo el mundo la ha tratado siempre como a una princesa.

–Y entiendo por qué.

–Me alegro de que veas lo mismo que yo cuando la miras.

Veía eso y mucho más, pensó Sean. Y empezaba a preocuparlo. Había querido seducir a Melinda, pero era él quien estaba siendo seducido. Y tendría que encontrar la forma de apartarse.

O el final de su matrimonio temporal podría convertirse en un problema.

–Muy bien, me voy a dormir –anunció Melinda entonces–. Portaos bien.

–Pareces cansada –comentó su abuelo–. Probablemente demasiado sol.

–Sí, probablemente –murmuró ella.

El sol y el maratón de sexo, pensó Sean.

Cuando se quedaron solos, Walter se inclinó para decir:

–Es una belleza, ¿eh?

–Sí, lo es –asintió Sean–. Pero Melinda no sabe que el hotel está atravesando un mal momento, ¿verdad?

El anciano apretó los labios y, por fin, dejó escapar un largo suspiro.

–Eres demasiado listo. ¿Cómo lo has adivinado?

–Por pequeños detalles: suelos que no han sido barnizados en años, pintura pelada, cortinas anticuadas. En el bar hace falta gente y el restaurante solo sirve comidas y cenas. Cuando se empiezan a hacer recortes en un negocio, olvidando las pequeñas cosas, suele haber una razón.

Walter asintió con la cabeza.

–Es cierto. Pero Melinda no lo sabe y espero que me guardes el secreto.

Aquella familia tenía demasiados secretos, pensó Sean. Melinda no quería contarle a su abuelo que su matrimonio era falso, él no quería que supiera de sus problemas económicos.

Su familia era completamente diferente. Entre los King no podía haber secretos porque nadie era capaz de mantener la boca cerrada. Pero, en su opinión, era mucho mejor discutir, sacar los problemas a la luz y luego olvidarse de ellos.

Por supuesto, él le había escondido algo a sus hermanos, su primer matrimonio. Y, de repente, se preguntó por qué. ¿Por vergüenza? ¿Para evitar que le echasen la bronca? Era absurdo esconderle cosas a la familia. Especialmente, a su familia.

–¿Por qué no se lo has contado, Walter?

–Pronto no habrá ninguna razón para seguir mintiendo –respondió él–. Con el dinero de la parcela reformaré el hotel. No voy a dejar que vosotros os quedéis con todos los clientes.

–Pensé que querías retirarte.

–¿Retirarme? –repitió el anciano, sorprendido–. Eso es para los viejos. ¿Qué haría durante todo el día? No, no, yo pienso seguir trabajando. Melinda conseguirá su fideicomiso, el hotel será reformado y todo el mundo vivirá feliz para siempre.

–Aquí, en Brigadoon –bromeó Sean.

–¿Qué?

–Nada, nada.

Sean escuchaba a medias mientras Walter le hablaba de sus planes de reformar el hotel, pero no dejaba de pensar en Melinda.

Esas últimas semanas habían sido fabulosas y aquel día… había sido algo más. Pero su matrimonio tenía fecha de caducidad y esa fecha se acercaba rápidamente.

Y eso hizo que se preguntara qué iba a hacer cuando llegase el momento de decirle adiós. ¿Se saludarían como si fueran viejos amigos? ¿Tendría que fingir que no la deseaba?

Melinda Stanford se había convertido en parte de su vida, de su mundo. Pero su sitio no estaba allí, en Tesoro. Su hogar, su familia, todo eso estaba en California. Aquella diminuta isla tropical no era el mundo real para él. Y tampoco Melinda.

Y, sin embargo…

Aquello empezaba a complicarse y lo peor de todo era que sus hermanos tenían razón: no debería haber aceptado ese matrimonio.

Porque ya no tenía nada claro que quisiera romperlo.

Capítulo Diez

Sean dejó a Walter media hora después y tomó el ascensor para subir a la suite. Estaba tan inquieto que su cerebro no podía formar un solo pensamiento coherente, pero una cosa estaba bien clara.

Quería estar con Melinda durante el tiempo que fuera posible.

Y olvidarse del maldito sofá para dormir en la cama con ella. Había sido un día muy largo y debería estar agotado, pero no era así. Estar con ella hacía que se sintiera más vivo que nunca… si fuera listo, eso lo preocuparía, pero estaba deseando tocarla otra vez.

Escuchó sus sollozos en cuanto abrió la puerta de la suite y, asustado, entró en su dormitorio.

De espaldas a la puerta, Melinda tenía una fotografía enmarcada en la mano y lloraba como si alguien le hubiese roto el corazón.

El abrumador deseo de protegerla lo sorprendió. Sintió sus lágrimas como un cuchillo clavándosele en el pecho.

–¿Qué ocurre, Melinda? ¿Por qué lloras?

Ella sacudió violentamente la cabeza, con los ojos llenos de lágrimas.

–No…

–Dímelo, dime qué te pasa –insistió él, abrazándola.

–Sé que no debería, pero ahora…

–¿De qué estás hablando? –Sean tomó la fotografía que tenía en la mano y, de inmediato, entendió lo que pasaba.

Steven.

Frustrado por su incapacidad de arreglar la situación, murmuró:

–No te hagas eso a ti misma.

–¿Cómo no voy a hacerlo? Iba a casarme con él –logró decir ella, entre sollozos–. Lo amaba y hoy…

–Melinda…

–No –ella sacudió la cabeza, furiosa consigo misma–. Es como si lo hubiera engañado. No solo por el sexo sino porque lo he disfrutado…

Sean odiaba verla así, odiaba saber que era culpa suya, que su plan de seducirla la había hecho llorar.

El sentimiento de culpa era una fea emoción y nadie lo sabía mejor que Sean. Pero no pensaba dejar que lamentase lo que había ocurrido entre ellos.

–Puedes sentir, Melinda. Estás viva y debes vivir.

Ella suspiró pesadamente.

–No lo entiendes.

–Claro que lo entiendo, yo lo sé todo sobre el sentimiento de culpa –Sean la apretó contra su pecho–. Es algo que te mata por dentro hasta que no queda nada de ti, pero no merece la pena. ¿Recuerdas que te conté que viví en Las Vegas hasta los dieciséis años?

–Sí.

–A los dieciséis, por fin era lo bastante fuerte como para pegar al novio de mi madre.

–¿Qué?

En lugar de apartarse como él había esperado, Melinda lo abrazó con fuerza y, de repente, fue como volver atrás en el tiempo... a ese horrible apartamento en Las Vegas.

–El aire acondicionado estaba roto, como de costumbre –empezó a decir, recordando un tiempo que siempre había querido olvidar–. Hacía tanto calor que cada vez que respiraba sentía que mis pulmones se quemaban. Eric, el novio de mi madre, era un tipo grande y violento... llevaba un par de años pegándola y yo no podía hacer nada. Mi madre lo echaba de casa, pero Eric volvía y ella lo aceptaba.

Sean recordaba la frustración que había sentido, la rabia. Deseaba con todas sus fuerzas ser lo bastante grande como para defender a su madre, para cuidar de ella.

Y, por fin, llegó el día.

–Eric volvió a pegarla el día que cumplí dieciséis años y yo la defendí.

Melinda no dijo nada y Sean no la miró porque no quería ver su expresión. ¿Qué vería en sus ojos? ¿Pena? ¿Repulsión? No podría soportar ninguna de las dos cosas, de modo que miró hacia la pared, perdido en los recuerdos.

–Eric cayó al suelo, tan sorprendido como yo –siguió–. Como la mayoría de los matones, estaba acostumbrado a dar, no a recibir, y se quedó en el suelo, mirándome como si me hubieran crecido dos cabezas. Mi madre tenía un ojo morado y yo me sentía tan orgulloso de mí mismo que la miré prácticamente esperando que aplaudiera.

–¿Y qué pasó? –preguntó Melinda.

Sean respiró profundamente.

–Que me dijo que me fuera de casa.

–¿Qué?

Sean sonrió al notar la ira en su voz, pero seguía sin mirarla. No confiaba en poder terminar su sórdida historia si la miraba a los ojos.

–Eric salió del apartamento soltando palabrotas y debo admitir que eso me hizo sentir orgulloso. Pero en lugar de darme las gracias, mi madre me dijo que me fuera, que no quería volver a verme.

–¿Cómo pudo hacer eso? –exclamó Melinda, apartándose para mirarlo a los ojos, indignada.

–Ya da igual –dijo él. Aunque le seguía doliendo en el alma.

Incluso en aquel momento, tantos años después, recordaba la expresión de su madre. No sabía si era asco, odio o furia, pero no lo había entendido ni lo entendería nunca. Eric la pegaba y, aun así, defendía a ese canalla en lugar de defenderlo a él, a su hijo.

Casi podía escuchar su voz:

–Eric me quiere y cuida de mí. No tenías derecho a hacerlo, Sean. Eres igual que tu padre, solo piensas en ti mismo.

–¿Dónde fuiste? –la voz de Melinda lo devolvió al presente.

–Llamé a mi padre y me fui a vivir con él.

–Menos mal que te acogió en su casa.

–Desde luego –asintió Sean–. Nunca volví a ver a mi madre después de eso y murió unos años después.

–¿Eric… ?

–No, no, fue un accidente de coche. Un turista borracho la atropelló.

–Lo siento mucho –murmuró Melinda, con una mezcla de compasión y furia por lo que había sufrido–. Pero no deberías sentirte culpable por lo que hiciste. Eras su hijo y querías defenderla.

Sean vio un brillo fiero en sus ojos y sintió un pellizco en el pecho. Era la primera persona, aparte de sus hermanos, a quien le importaban sus sentimientos. Y se dio cuenta de que hablar del pasado lo distanciaba de él. Se sentía más… libre que en mucho tiempo.

Caminaba por una fina línea con Melinda y lo sabía, pero no podía apartarse.

–Y tú no deberías sentirte culpable por vivir –le dijo.

Ella pasó los dedos por su mejilla y Sean volvió la cara para besar su mano.

–Lo sé…

–Olvídate del sentimiento de culpa. Confía en mí cuando te digo que eso destrozará tu vida.

Melinda miró la foto que seguía teniendo en la mano y Sean la miró también. Pero no pensaba dejar que le diese la espalda a la vida por un hombre que había muerto y, sin decir nada, le quitó la fotografía de la mano para dejarla sobre la mesilla, boca abajo.

–Steven ya no está.

–Lo sé.

–¿Querría él que estuvieras sola toda tu vida?

–No.

–Entonces, déjalo ir. Ahora estás conmigo –dijo

Sean, levantando su barbilla con un dedo para mirarla a los ojos–. Yo soy seguro, así que puedes usarme para curar tu corazón. Sé que no durará para siempre, los dos lo sabemos. No habrá ninguna complicación, yo no quiero nada más de ti.

Estaba mintiendo, tuvo que reconocer, porque sí quería algo más de Melinda. Pero también era cierto que no se quedaría y si lograba que olvidase a Steven, los dos podrían despedirse con menos angustia cuando llegase el momento.

Ella esbozó una sonrisa y Sean respiró bien por primera vez desde que entró en la habitación.

–Lo siento, no quería ponerme a llorar.

–No pasa nada…

–No, no es verdad. Estaba bien cuando subí a la habitación, pero de repente vi la foto de Steven y me di cuenta de que se había ido. Yo estoy aquí, contigo, y me sentía mal por ser tan feliz. Sé que no tiene sentido, pero…

–Tiene todo el sentido del mundo –la interrumpió él, apartando el pelo de su cara. Pero al rozarla sintió algo diferente, algo más profundo que no podía describir… y no quería intentarlo siquiera.

Melinda se apoyó en él, suspirando.

–Un gran día, ¿eh?

–¿Estás cansada?

Ella negó con la cabeza y Sean esbozó una sonrisa.

–Me alegro mucho.

***

Melinda se derritió sobre su torso, admitiendo la verdad por fin: estaba viva, como Sean había dicho, y no pensaba seguir escondiéndose. De modo que olvidaría el sentimiento de culpa para tomar lo que quería.

Y lo que quería era a Sean.

En unos segundos, estuvieron desnudos. Sean sacó un preservativo de la cartera y, después de ponérselo, se tumbó en la cama con ella para lamer y besar sus pechos hasta que Melinda tuvo que arquearse hacia él, desesperada por liberar la tensión.

Sean susurraba palabras cariñosas mientras seguía torturándola con sus labios y ella respiraba con dificultad, perdida en las sensaciones que solo él podía provocar.

Cuando se deslizó hacia abajo, besando su abdomen y la cara interior de sus muslos, se puso tensa. Pero Sean abrió sus piernas con las manos y se colocó entre ellas.

–Sean…

–Disfruta –murmuró él, cubriéndola con la boca.

Melinda gimió, disfrutando del roce de su lengua en su parte más sensible. Sean lamía y mordisqueaba hasta volverla loca de deseo…

Murmuró su nombre durante el primer clímax, temblando.

Y seguía temblando cuando entró en ella, llevándola a un orgasmo incluso más profundo que el anterior.

Con las piernas enredadas en su cintura, se movían a un ritmo que los dejaba a los dos sin aliento, como si fueran uno solo. Melinda levantó la cabeza y vio sus ojos azules llenos de promesas...

Cuando la besó, ella lo recibió enredando su lengua con la suya. Sean se apartó después, sonriendo, y ella le devolvió la sonrisa, sintiéndose mejor que nunca. Era tan feliz que casi no reconocía ese sentimiento. Y todo gracias a Sean, pensó. Él la había ayudado a abrir su corazón de nuevo, a entregarse en cuerpo y alma.

Aquel último e improbable pensamiento se disolvió un segundo después, cuando llegó al clímax una vez más. Se agarró a él, gritando su nombre mientras se deshacía entre sus brazos...

Y juntos cayeron en el precipicio.

En el silencio que siguió, Melinda tuvo que reconocer cuánto le importaba Sean; mucho más de lo que quería reconocer. Mucho más de lo que debería. Pero no era amor.

No podía serlo.

Porque si lo era, le esperaba un futuro muy solitario.

Dos días después, Sean se apartó del escritorio para mirar por la ventana. No podía concentrarse en el trabajo, no podía hacer nada más que pensar en Melinda y en el embrollo en el que se habían metido los dos.

Había querido seducirla, pero no había pensado en su propia reacción a ese plan. Curiosamente, una vez le había advertido a su hermano Lucas que abandonase la absurda idea de usar a Rose Clancy como venganza contra su hermano Dave. Sean recordaba haberle dicho que el plan le explotaría en la cara y había tenido razón. Aunque al final todo salió bien, ya que Lucas y Rose estaban felizmente casados, por no decir que eran padres del bebé más guapo del mundo.

—Deberías haber escuchado tus propios consejos —murmuró para sí mismo.

Pero no. Como todos los King, había decidido que podía controlar su vida y, de repente, se encontraba en medio de un drama que no sabía controlar.

En un matrimonio de conveniencia con una mujer que seguía llorando la muerte de su prometido y sintiendo por ella... ¿qué sentía? ¿Deseo? ¿Amor?

Esa idea lo dejó paralizado un momento, pero enseguida sacudió la cabeza, como si así pudiera borrar la palabra de su mente. No estaba enamorado, era imposible. Lo había intentado una vez y había recibido una patada en los dientes.

—No, nada de amor. Me gusta mucho, eso sí —murmuró, haciendo una mueca al sentirse como un idiota.

Odiaba admitir que sus hermanos tenían razón. Casarse con Melinda había sido un error y cuanto más tiempo durase el matrimonio, más difícil sería decirle adiós. Aunque no fuese amor, sentía algo por ella; algo que le preocupaba lo suficiente como para preguntarse qué iba a hacer durante las siguientes semanas. Ya había decidido que haría lo posible para no estar en Tesoro durante la construcción del hotel porque no tenía sentido que Melinda y él se sintieran incómodos. Pero no quería ni pensar en marcharse de allí.

Sean miró por la ventana y se dio cuenta de que, aunque solo llevaba unas semanas en Tesoro, se había acostumbrado al paisaje.

Al principio, todo le había parecido extraño y cada vez que miraba por la ventana esperaba ver Sunset Beach, sus calles llenas de coches, montones de gente, su restaurante mexicano favorito en la esquina. Entonces se había sentido fuera de lugar y echaba de menos su casa.

Pero, mirando las aguas transparentes del Caribe y sus playas de arena blanca tuvo que reconocer que la isla se había metido en su piel. Como Melinda.

Aquel sitio, aquella mujer, se habían convertido en algo importante para él, pero Sean sabía que no podía permitirse el lujo de sentirse atado a ninguno de los dos.

No sabía qué hacer, no encontraba respuesta a sus preguntas y cuando sonó el móvil miró la pantalla, aliviado por la distracción.

–Hola, Garrett.

–Hola, Sean. Tengo noticias para ti.

–¿Qué has descubierto?

–En resumen, que Steven Hardesty era un delincuente.

Sean dejó escapar un suspiro.

–No me sorprende. He visto una fotografía suya y ningún hombre con esos dientes puede ser una buena persona.

–Parece que el señor Hardesty era un timador de

poca monta que usaba su encanto para aprovecharse de las mujeres. Hay un par de departamentos de policía en Europa a los que les encantaría echarle el lazo.

–Pues no va a ser fácil porque está muerto.

–Sí, lo sé.

Pensar en Melinda llorando por aquel hombre hizo que se le revolviera el estómago.

–De modo que era un ladrón.

–Y, por lo que he descubierto, se dedicaba a malversar fondos hasta el mismo día de su muerte.

–¿Malversar fondos? ¿De quién?

–De Walter Stanford.

–¡Maldita sea! –Sean golpeó la mesa con el puño. Tal vez era por eso por lo que Walter tenía problemas económicos–. ¿Estás seguro?

–Completamente. Y tengo pruebas, además.

–Estupendo –Sean no pensaba contárselo a Melinda por el momento, pero iba a contárselo a Walter.

–Parece que Melinda tuvo suerte de que ese tipo muriera antes de arruinarla.

–Gracias por la información, Garrett.

–De nada. Llámame si necesitas algo más.

Sean cortó la comunicación, pensativo. Si Steven no hubiese muerto, Melinda habría perdido el dinero del fideicomiso.

Y Melinda seguía llorando por él.

Tirando el móvil sobre el escritorio, Sean abrió la ventana para respirar la brisa del mar.

Pero la brisa no servía para calmarlo porque no sabía qué iba a hacer con esa información.

¿Debía contárselo a Melinda? Si lo creía, le rompería el corazón. Si no lo creía, lo odiaría por destrozar su recuerdo de Steven.

–Incluso muerto, ese canalla ganará la partida.

Pero Sean sabía que había una persona a la que sí podía contarle la verdad y salió de la suite, cerrando de un portazo.

Capítulo Once

Por primera vez desde que lo conoció, Walter Stanford parecía un anciano.

Sean se tragó su propia rabia e indignación para concentrarse en el hombre que estaba sentado al otro lado del escritorio.

Walter se miraba las manos, como acusándolas de ser inútiles. Sacudiendo la cabeza, respiró profundamente antes de decir en voz baja:

—Yo sabía que Steven me robaba dinero. Llevaba aquí poco más de un año y, en ese tiempo, consiguió hacerse un buen nido a costa mía.

—Entonces, él es la razón por la que el hotel no atraviesa el mejor momento.

—No del todo —Walter suspiró, resignado—. La verdad es que yo hice un par de malas inversiones por mi cuenta… y debería haber abierto la isla al turismo. No solo por mí sino por la gente de Tesoro, de modo que no es enteramente culpa de Steven, aunque él hizo su parte —el anciano tomó un bolígrafo y lo tiró sobre la mesa, frustrado—. Steven debió enterarse de que yo había hablado con la policía y murió cuando iba al puerto a tomar un barco.

—¿Y no se lo contaste a Melinda?

Walter lo miró a los ojos.

–Mi nieta nunca ha sabido nada sobre los problemas económicos del hotel ni sobre la verdadera naturaleza de Steven. Si no hubiera muerto en el accidente se lo habría contado, por supuesto. Pero murió y decidí guardar silencio.

–¿Por qué? –exclamó Sean–. ¡Maldita sea, Walter! Melinda es una persona inteligente y capaz. No necesita que la trates como si fuera una niña.

–¿Crees que no lo sé? –replicó el anciano, levantándose–. ¿Crees que disfruto viendo a mi nieta llorar por un canalla que la habría abandonado después de llevarse su dinero?

–¿Entonces por qué no se lo cuentas? La has dejado sufrir por ese sinvergüenza…

–¿Crees que sería mejor decirle que Steven nunca la quiso? ¿Que solo le interesaba su dinero? –Walter sacudió la cabeza–. No sé qué hacer. Si no se lo cuento, Melinda se torturará a sí misma y si se lo cuento, se quedará desolada.

Sean entendía el problema. Después de todo, él mismo se había hecho esa pregunta. Lo enfurecía ver a Melinda llorando por un ladrón, ¿pero cómo iba a criticar el deseo de Walter de protegerla? También él había querido proteger a su madre.

–¿Tú podrías mirarla a los ojos y contarle la verdad? –le preguntó Walter.

Le gustaría decir que sí porque no quería que Melinda llorase a Steven ni un segundo más. Pero no podía hacerlo.

–No –respondió Sean.

Sencillamente, no quería hacerle daño.

Dos días después, Melinda esperaba en el muelle, nerviosa.

–Relájate –dijo Sean–. Mis hermanos te caerán bien.

–Pero ellos saben la verdad sobre nuestro matrimonio, ¿no?

–Lo saben, pero no importa. Les encantarás.

Ella asintió con la cabeza.

–¿Rafe está casado con Katie? –le preguntó.

–Eso es.

–La reina de las galletas.

–La misma –dijo Sean–. Y Lucas está casado con Rose.

–Que es una gran cocinera –murmuró ella.

Había oído tantas cosas sobre los hermanos de Sean y sus cuñadas... parecían unas chicas estupendas, inteligentes y, sobre todo, queridas.

–Y yo estoy casado con una artista –le recordó él.

Lo decía como si estuvieran casados de verdad.

Él estaba de perfil, mirando el mar, con una camisa de color vino, un pantalón largo de color caqui y sus botas de trabajo.

Y en ese momento, Melinda supo sin la menor sombra de duda que estaba enamorada de Sean King.

Esperaba sentirse culpable al aceptar eso, pero no fue así. ¿Por fin había logrado olvidar a Steven?, se preguntó. ¿Estaba lista para seguir adelante con su vida?

–¿Qué te pasa? –le preguntó él–. Te has puesto muy pálida.

Melinda intentó sonreír.

–Estoy bien. Un poco nerviosa.

¿Nerviosa?

Aterrorizada más bien.

Sean la abrazó, inclinando la cabeza para darle un beso.

–No lo estés. Después de enseñarles la parcela iremos a cenar y poco después volverán a casa.

–A California –murmuró ella, pensando que en unas semanas también Sean volvería a Sunset Beach, con su familia. Y ella se quedaría allí, en Tesoro.

Sola.

–No hay tiempo para nerviosismos, ya están aquí.

Melinda giró la cabeza para ver la lancha de Tesoro dirigiéndose al muelle.

–¡Mi cocina era perfecta! –exclamó Katie–. Te pagué para que la reformaras, ¿y qué hiciste? –sin esperar respuesta, se volvió hacia Melinda–. En cuanto nos casamos decidió reformar toda la casa, así que tiró la pared de la cocina.

–Así es más grande y da al cuarto de estar –se defendió Rafe.

–¡Porque quieres ver tus horribles películas del espacio sin moverte de la cocina! –protestó su mujer.

–Ya te lo dije –susurró Sean–. Siempre están así.

Melinda sonrió. Estaban en un salón privado del hotel y la conversación no había decaído desde que llegaron los King.

Sentada al lado de Sean en el sofá, los veía charlar,

bromear y discutir y se encontró envidiando ese lazo entre ellos. Ver a Sean con sus hermanos y sus cuñadas le mostraba otra faceta del hombre con el que se había casado. El cariño entre todos ellos era evidente y debía reconocer que Rose y Katie le caían bien. Había pensado que se sentiría intimidada, pero las dos eran encantadoras y parecían tener a sus maridos comiendo en la palma de la mano.

En realidad, era asombroso.

–¡Qué anillo tan bonito! –exclamó Katie entonces.

–Es mi anillo de compromiso –dijo Melinda.

–¿Dónde lo has comprado, Sean? Creo que Rose y yo tenemos que ir de compras ahora mismo.

–En realidad, lo ha hecho Melinda –respondió él.

–¿Ella se hizo el anillo de compromiso?

–Lo compré en una joyería de la isla, pero luego descubrí que ella era la artista –explicó Sean.

–Es una maravilla –dijo Rose–. ¿Tienes más anillos como este?

–Claro. Tengo el taller en una suite del hotel.

–Y espero que la familia tenga derecho a ver tu trabajo –intervino Katie.

–Podemos subir ahora mismo, si queréis.

–Por supuesto –Rose tomó a su hijo en brazos–. Portaos bien, nosotras vamos a gastar algo de dinero.

–¿Por qué te llevas al niño? –preguntó Lucas.

–Nunca es demasiado pronto para enseñarle el gozo de ir de compras –bromeó Rose, inclinándose para besar a su marido.

Katie besó a Rafe y Melinda estaba levantándose cuando Sean tiró de su brazo para hacer lo mismo.

Y, absurdamente, se alegró de que la hubiera besado como sus hermanos besaban a sus esposas.

—Muy bien —dijo Rafe en cuanto las mujeres desaparecieron—. ¿Vas a contarnos qué está pasando aquí?

—¿A qué te refieres? —preguntó Sean, tomando su cerveza.

—Tú sabes perfectamente a qué me refiero, lo que pasa es que no quieres contárnoslo.

—Y como lo sabes, vas a dejar el tema, ¿verdad?

—No, de eso nada. Nos dijiste que te habías casado para conseguir la parcela, pero he visto cómo miras a Melinda…

—¿Y?

—Que no parece un simple acuerdo —intervino Lucas.

—Pues lo es —insistió Sean.

Solo podía ser eso. Melinda y él habían hecho un trato y no se echaría atrás porque él siempre cumplía su palabra.

Además, ya había probado una vez el matrimonio y no habían sido precisamente unas vacaciones. La razón por la que aquel iba a funcionar era precisamente que tenía una fecha límite, sin promesas de futuro.

—Seguro —dijo Lucas, incrédulo.

—Nadie te ha pedido opinión.

—Sí, claro, porque es así como hacemos las cosas en la familia King, esperando a que nos pidan ayuda —replicó su hermano, irónico.

—No le hagas caso —intervino Rafe—. Cuéntame qué

te pasa. Por lo que veo, este matrimonio es más de lo que nos habías contado.

Sean dejó escapar un suspiro. No había razón para no contar la verdad, pero le parecía una deslealtad hacia Melinda. Aunque tal vez hablar con ellos lo ayudaría a aclarar sus ideas.

–Muy bien, admito que las cosas no son tan sencillas como deberían.

–¿Tú crees? –se burló Lucas.

Rafe lo fulminó con la mirada.

–No me gusta la idea de romper con ella –les confesó Sean entonces–. No tiene sentido, pero así es.

–Estás enganchado –afirmó Lucas–. No te molestes en luchar, no tienes nada que hacer.

–Yo no estoy hecho para ser el marido de nadie… lo intenté una vez y fue un desastre.

–¿Qué? –exclamaron sus hermanos a la vez.

–¿De qué estás hablando? –le preguntó Rafe.

–Estuve casado una vez, pero no se lo conté a nadie porque me sentía como un idiota. Su nombre era Tracy y nos conocimos durante el primer año de carrera. Salimos juntos durante un tiempo y luego rompimos –Sean hizo una pausa para tomar un trago de cerveza–. Ocho meses después, Tracy apareció embarazada. Llorando, me dijo que iba a tener un hijo mío y que estaba asustada…

–Y te casaste con ella, claro –murmuró Rafe.

–No quería ser como nuestro padre, de modo que me casé con ella, sí.

–¿Y qué pasó?

Sean se encogió de hombros, pensando que contar

la historia no era tan terrible como había imaginado. De hecho, se sentía aliviado.

–El niño tenía dos semanas cuando Tracy me confesó que no era mío sino de su último novio, que acababa de volver a la ciudad y se había puesto en contacto con ella. Se marchó ese mismo día y no he vuelto a verla desde entonces.

–Deberías habérnoslo contado –dijo Rafe.

–A ningún hombre le gusta quedar por tonto –replicó Sean.

–Solo serías tonto si no hubieras aprendido algo.

–Pensé que había aprendido algo: que no debía volver a casarme. Esa era la lección.

–No era eso, idiota –dijo Lucas.

–Oye...

–Cállate, Lucas –lo interrumpió Rafe–. La lección es que debes confiar en ti mismo, en lo que sientes. Te casaste con Tracy por obligación, no porque quisieras hacerlo.

–No, desde luego.

–Si lo que sientes por Melinda es verdadero y la dejas por ese estúpido trato que hicisteis, entonces eres más tonto de lo que yo imaginaba.

Sean asintió con la cabeza, pensativo. Tal vez, y odiaba admitirlo, su hermano tenía razón. Durante años, el recuerdo de su ex lo había enfurecido, pero se dio cuenta de que ya no sentía nada porque la única persona que le importaba en aquel momento era Melinda.

Melinda Stanford se había colado en su corazón sin que se diera cuenta y la cuestión era qué iba a hacer al respecto.

Katie y Rose compraron anillos, pulseras y collares. Admiraban su trabajo y parecían encantadas con las joyas.

Y eso la emocionó. Nunca había tenido la oportunidad de mostrar su trabajo... bueno, a su amiga Kathy le encantaban y sabía que se vendían bien en las joyerías del pueblo, pero era la primera vez que veía la reacción de un cliente de primera mano. Y su trabajo parecía ser lo bastante bueno como para que Rose y Katie comprasen gran parte de su colección.

–Tienes mucho talento –dijo Katie, mientras admiraba el topacio de Tesoro en su muñeca.

–Estoy de acuerdo –asintió Rose–. De hecho, conozco a muchas mujeres en California que pagarían una fortuna por tus joyas.

En California, donde vivía Sean, lejos de Tesoro y de ella. Melinda tragó saliva. ¿Por qué todo había salido tan mal?

Se había permitido a sí misma desear a Sean... amarlo.

Y ya era demasiado tarde. No podía sacarlo de su corazón como no había podido sacar a Steven.

Steven.

Por un momento, pensó en el hombre con el que había estado comprometida y al que había jurado amor eterno...

Pero ya no podía esconderse de sus propias emociones y la verdad era que amaba a Sean. Lo amaba mucho más profundamente de lo que había amado a

Steven, con más pasión. Ni siquiera sabía que fuese capaz de un amor tan profundo.

Sean tenía razón, no podía dejar de vivir.

¿Pero qué diría si supiera que había estropeado el acuerdo enamorándose de él? ¿Volvería corriendo a California? O tal no la creería...

–Estás enamorada de él, ¿verdad?

–¿Qué? –exclamó Melinda, mirando a Katie con cara de sorpresa.

–Estás enamorada de Sean.

–No digas tonterías.

–Tiene razón –intervino Rose–. Se te ve en la cara.

Melinda miró de una a otra y suspiró, angustiada.

–No puedo estar enamorada de él. Vosotras sabéis que este matrimonio es un acuerdo...

–Sí, Rafe y Lucas nos lo contaron –asintió Katie.

–Pero las cosas han cambiado, ¿no? –Rose se colocó a Danny al hombro y empezó a darle golpecitos en la espalda.

Melinda podría mentir, pero no se le daba bien. Y, además, no tenía sentido hacerlo. Rose y Katie eran demasiado listas como para creer una mentira.

–Sí, ha cambiado. Para mí, al menos.

–Los King no son los hombres más fáciles del universo, pero merecen la pena –dijo Katie.

–Desde luego –asintió Rose.

–Pero debes decidir si estás dispuesta a luchar por él. Porque vas a tener que tirar todas las barreras que ha puesto frente a su corazón.

–Siempre he pensado que Sean se sentía solo –dijo Rose, pensativa.

–Yo pienso lo mismo. Es divertido y encantador, pero siempre parece estar un poco fuera, alejado.

Melinda pensó en las cosas que Sean le había contado sobre su vida, en la madre que no había apreciado al hijo que intentaba protegerla, en cómo se habría sentido él entonces, excluido, despreciado. Y sí, intuía que se sentía un poco solo, pero eso no significaba...

–Te necesita, Melinda –la voz de Katie interrumpió sus pensamientos–. Tú le quieres y Sean necesita eso.

–Haznos caso, nosotras le conocemos bien.

–Yo adoro a Rafe, pero los King son tan testarudos...

–Dímelo a mí –murmuró Rose, meciendo suavemente a Danny para que se durmiera–. Lucas no quería que usara mi coche porque decía que no era seguro. Tuve que convencerlo de que llevaba años con él y nunca había tenido un accidente.

–Son cabezotas, pero créeme, no hay mejor marido en el mundo que un King.

–No tenéis que convencerme –les aseguró Melinda–. Ya sé que Sean es genial, pero nuestro matrimonio es diferente. Nosotros no nos casamos por amor.

–Pero las cosas cambian.

¿Tendrían razón?, se preguntó ella. ¿Podía arriesgarse a descubrirlo?

¿Podría vivir consigo misma si no lo hiciera?

Capítulo Doce

Unos días más tarde, la familia King volvió a California, con la promesa de regresar pronto a Tesoro. Ya había llegado el barco con el equipo de construcción y los trabajadores llegarían la semana siguiente. El tiempo pasaba a tal velocidad que a Melinda le daba vueltas la cabeza. Pronto, Sean se marcharía también… a menos que ella pudiera convencerlo para que se quedase.

Por el momento, Tomin y sus hijos habían marcado la parcela con estacas de madera y una cinta blanca alrededor. El hotel King sería inmenso, pero en aquel momento estaba tan vacío como se sentía ella.

—¿Sobre qué discutías con Rafe esta mañana? –le preguntó, para distraerse.

Sean se volvió para mirarla.

—¿Qué?

—Os vi discutiendo esta mañana, antes de que Rafe subiera a la lancha.

—No es nada –dijo él–. Mi hermano estaba metiendo las narices donde no le llaman, como siempre.

—Yo creo que sería maravilloso tener una familia así, gente que te quiera lo suficiente como para meterse en tus asuntos.

Sean soltó un bufido.

–Suena bien en teoría, en la práctica no es tan fácil.

Le ocurría algo, lo había notado desde que su familia se marchó.

–¿Qué pasa, Sean? Estás un poco…

–Nada, solo estaba pensando.

–¿En qué piensas?

–En un montón de cosas –respondió él, pasándose una mano por el pelo–. Sobre todo, en mi exasperante hermano.

–¿Qué te ha dicho que te ha molestado tanto?

–Rafe no para de dar consejos –respondió Sean–. Aunque no se le da bien aceptarlos.

–¿Qué tipo de consejos?

Él la miró, pensativo. Estaba tan serio que el corazón de Melinda dio un vuelco.

–Esa es la cuestión, ¿verdad? ¿Te lo cuento o no te lo cuento?

–Prefiero saberlo, sea lo que sea.

Sean la miraba como intentando decidirse, sus ojos azules ensombrecidos.

–No me gustan los secretos.

–A mí tampoco.

–Ya veremos –murmuró él.

Y luego empezó a contarle. Le habló de su primer matrimonio y, con cada palabra que pronunciaba, el corazón de Melinda se rompía un poco por él. Esa mujer lo había utilizado de la peor manera posible.

–Lo siento –le dijo cuando terminó, alargando instintivamente los brazos hacia él. Al principio, Sean se quedó inmóvil y eso le dolió, pero después de unos segundos por fin le devolvió el abrazo, apoyando la barbilla sobre su cabeza.

–Siento mucho que esa mujer te hiciera sufrir.

–Fue hace mucho tiempo. Ya no importa.

Ella se echó hacia atrás para mirarlo.

–¿No te diste cuenta de que estaba mintiendo?

–No es fácil pillar a los mentirosos.

–No, supongo que no. Nadie me ha mentido así, de modo que no lo sé.

–Oh, Melinda –Sean sacudió la cabeza–. Si tú supieras...

–¿Qué?

–Nada –dijo él, apartando la mirada–. No importa.

–¿Cómo que no importa? ¿Tienes algo que decirme?

–No, déjalo. Ya no tiene sentido.

–¿De qué estás hablando?

Sean se apartó, metiendo las manos en los bolsillos del pantalón.

–Estoy de mal humor. Vamos a dar un paseo y a olvidarnos de todo.

–No –repitió ella–. Si tienes algo que decir, dilo.

Sean la estudió en silencio durante un largo minuto y después asintió con la cabeza.

–Muy bien. ¿Quieres saber la verdad?

En su cerebro empezó a sonar una campanita de alarma, pero Melinda no le hizo caso.

–Sí.

–Muy bien –él se pasó una mano por el cuello–. Yo no soy el único que no es capaz de detectar a un mentiroso. Tú no te diste cuenta de que Steven estaba robándole a tu abuelo.

–¿Qué? –Melinda dio un paso atrás, sorprendida.

–Que el maravilloso Steven era un estafador que había robado a docenas de mujeres.

–Estás mintiendo –dijo ella, sintiendo como si una garra apretase su pecho, impidiéndole respirar.

–Yo no miento. Bueno, supongo que sí porque conozco la verdad sobre tu prometido desde hace días y no te he dicho nada.

–¿Cómo? ¿Por qué?

–Le pedí a mi primo Garrett que investigase la vida de Steven –le confesó Sean, pasándose una mano por la cara, como si así pudiese borrar aquel día.

Pero no sirvió de nada. Maldito fuera Rafe y sus consejos, pensó. Porque estaba frente a la mujer a la que amaba, destruyendo todo aquello en lo que había creído.

–Te equivocas. Steven no haría eso –dijo Melinda, con expresión angustiada–. Él nunca robaría a mi abuelo.

–Es la verdad –insistió él–. Steven era un ladrón y un mentiroso. Su intención era robarte el dinero del fideicomiso para abandonarte después, como había hecho con otras mujeres. Había robado a tu abuelo y lo habrían detenido el día que murió en el accidente.

Ella lo miraba con la boca abierta y Sean vio que una lágrima rodaba por su mejilla.

–¿Mi abuelo lo sabía?

–Sí.

–Pero nunca me dijo nada…

–No quería hacerte daño.

–¿Entonces también él me mintió?

–Para protegerte –dijo Sean, deseando poder retirarlo todo.

¿Por qué se lo había contado? Había estado tenso todo el día y la pelea con Rafe a última hora no lo había ayudado nada…

Pero el equipo estaba a punto de llegar, Melinda tenía su fideicomiso y él se marcharía pronto de Tesoro. Y saber eso se lo comía por dentro.

–No debería haber dicho nada –murmuró, disgustado consigo mismo.

–¿Lamentas habérmelo contado?

–Sí.

–¿Porque crees que necesito protección?

–Pues… sí.

–Es lo más insultante que me han dicho nunca –replicó Melinda entonces, indignada.

Aquello no iba nada bien, pensó él.

–No quería insultarte…

–No necesito que me protejan, Sean. Soy una adulta, aunque mi abuelo y tú me tratéis como si fuera una niña. Puedo enfrentarme con la verdad, por dura que sea –lo interrumpió ella, dando un paso adelante.

Y, siendo un hombre sensato, Sean dio un paso atrás.

–Lo que estas diciendo es que todo el mundo me ha mentido. Mi abuelo, Steven, incluso tú.

Muy bien, tenía derecho a estar furiosa, pero no iba a permitir que lo comparase con el canalla de Steven.

–No me compares con ese ladrón. Yo no…

–Tú me has mentido igual que él. Da igual el porqué, Sean. ¿Es que no te das cuenta? ¿Cómo he podido pensar que estaba enamorada de ti?

–¿Qué?

¿Había oído bien? El agujero negro en su pecho se llenó de esperanza durante un segundo…

–Al menos, amaba al hombre que creía que eras –siguió Melinda–. Pero si me has mentido sobre esto, ¿cómo sé que no me has mentido sobre otras cosas?

–No te he mentido –Sean la tomó por los hombros para mirarla a los ojos–. Melinda, nada de lo que ha ocurrido entre nosotros es una mentira.

–¿Y debo aceptar tu palabra? –le espetó ella.

Sean vio un brillo de furia y dolor en sus ojos azules. El dolor que él mismo había provocado.

Lucas tenía razón, era un idiota. Estaba a punto de perder a la mujer de su vida y no podía hacer absolutamente nada.

–No voy a dejar que vuelvas a mentirme –dijo Melinda. Y, aunque le temblaba la voz, su determinación estaba clara–. Este matrimonio temporal se ha terminado. Los dos hemos conseguido lo que queríamos y no tiene sentido que sigamos juntos.

Un puño frío apretó el corazón de Sean.

–Melinda…

–No quiero seguir hablando contigo –lo interrumpió ella, volviéndose hacia el coche.

Scan la vio alejarse y un pedazo de su corazón se fue con ella.

**

Sean se marchó de la suite en cuanto volvieron al hotel y Melinda no se despidió de él. No creía que pudiera soportarlo.

Desolada, fue a hablar con su abuelo. También estaba enfadada con él, pero no tanto como con Sean porque su abuelo había querido protegerla, aunque estuviese equivocado. Walter Stanford siempre la vería como una niña; la niña que se había quedado sola al perder a sus padres y a quien solo él podía proteger.

Pero Sean, se dijo Melinda a sí misma durante días, debería haberla tratado como a una adulta. Ella tenía derecho a saber lo que había averiguado sobre Steven. Tenía derecho a saber que el hombre por el que había llorado tanto era un estafador.

Aquella mañana estaba frente a la tumba de Steven, mientras un frío viento movía su pelo. Había ido para decirle adiós definitivamente, aunque ya no era necesario. Steven era el pasado y había perdido demasiado tiempo con un hombre que no lo merecía.

Era una bobada hablar con una lápida, pero Melinda necesitaba hacerlo.

–Ni siquiera estoy enfadada contigo –empezó a decir–. Estoy enfadada conmigo misma. Lo que sentía por ti no es nada comparado con lo que siento por Sean. Tenía tanta prisa por amar y ser amada que dejé que me convencieras de que tu cariño era real, pero la verdad es que los dos estábamos mintiendo.

Melinda suspiró, mirando la hierba bien cortada y los sauces moviéndose con el viento.

–Tú no me quisiste –siguió–. Y, aparentemente, tampoco yo te quise a ti.

En aquel momento sabía lo que era el amor. Era el abrumador vacío que sentía en el pecho donde solía estar el rostro de Sean. Era saber que nada en el mundo volvería a ser lo mismo porque la persona más importante para ella se había ido.

–Tengo que enfrentarme con la verdad antes de hacer lo que debo hacer: me voy a California. Voy a buscar a Sean para decirle que le quiero, que no he dejado de amarlo. Y luego voy a traerlo de vuelta a Tesoro, donde tiene que estar. Conmigo.

Después de decir eso se dio la vuelta y salió del cementerio sin mirar atrás.

Melinda tenía que terminar una pieza para la joyería de James Noble antes de marcharse de la isla para hablar con Sean, de modo que se inclinó para engastar hilo de oro alrededor de un topacio plano. Intentaba concentrarse en el trabajo y olvidar al hombre al que amaba, pero no era fácil.

–Y las interrupciones no me ayudan nada –murmuró cuando alguien llamó a la puerta del taller.

Disgustada, se levantó para abrir y en el pasillo encontró a un hombre con traje de chaqueta.

–¿Melinda King?

–Sí, soy yo –respondió ella, rezando para conservar ese apellido.

–Estupendo –el extraño entró en la suite y miró alrededor–. Ah, ahí están –dijo luego, mirando la estantería–. Son preciosas. Incluso más bonitas que las piezas que he visto en el pueblo.

–Perdone un momento –Melinda dejó la puerta abierta, por si acaso–. ¿Quién es usted?

–Ah, perdóneme –el hombre sacó una tarjeta del bolsillo en la que Melinda leyó «Joyería Fontenot»–. Soy Dominic Fontenot y creo que voy a hacerla una mujer muy rica.

–¿Qué?

–Su esposo insistió en que viniera a la isla para conocerla y ver sus creaciones. Y le aseguro que yo no suelo viajar –suspirando, Dominic Fontenot volvió a mirar las joyas–. Pero este viaje ha merecido la pena. Me gustaría representarla, señora King.

–¿Representarme?

–Y le prometo que una diseñadora con su talento llegará muy lejos. Este collar, por ejemplo… –Fontenot señaló el collar que Melinda había hecho para el cumpleaños de Kathy– podría venderse por más de veinte mil dólares.

Ella lo miró, perpleja.

–¿Veinte… ?

–Su marido dice maravillas de usted y veo que no estaba exagerando. Aunque es evidente que la quiere mucho.

Al menos solía hacerlo, pensó Melinda, con el corazón encogido. Sean debía haber organizado aquel encuentro antes de irse de Tesoro. Había creído en su talento, en ella y había encontrado la manera de hacer que sus sueños se hicieran realidad.

–¿Cuándo habló por última vez con mi marido?

El hombre miró su reloj.

–Hace una hora.

–¿Qué? ¿Dónde lo ha visto?

Fontenot parpadeó, sorprendido.

–En un hotel más pequeño, cerca de aquí. Me dijo que lo estaba usando como lugar de trabajo –respondió–. Y ahora, si no le importa…

¿Sean estaba en Tesoro? ¿No se había ido de la isla? ¿No la había dejado?

La nube negra que pendía sobre su cabeza se rompió con la fuerza de lo que parecían un millón de soles. Melinda sonrió y luego, de repente, soltó una carcajada.

–¿Señora King?

–Eso suena tan bien… señora King. Señora de Sean King. Ahora y para siempre.

–Estábamos hablando de su trabajo –insistió el señor Fontenot.

–Lo siento, pero eso tendrá que esperar –se disculpó Melinda, sin dejar de reír–. Quiero hablar con usted, pero antes debo hablar con mi marido. Volveré más tarde… mucho más tarde si tengo suerte –le dijo, abrazándolo–. ¡De verdad tengo que irme!

–¡Ve a hablar con ella!

Sean estuvo a punto de tirar el móvil, airado.

–¿Sabes una cosa, Rafe? Estoy harto de tus consejos. Iré a ver a Melinda cuando yo decida que ha llegado el momento.

–Siempre serás un cabezota –protestó su hermano.

–Yo también me alegro de hablar contigo –Sean cortó la comunicación y tiró el móvil sobre la mesa.

Llevaba tres días sin hablar con Melinda y le habían parecido tres años. El hotel donde se alojaban los trabajadores de la empresa King estaba a unos kilómetros del hotel Stanford, pero parecía como si estuviera al otro lado de la luna. No ver a Melinda lo estaba matando.

Sean se pasó una mano por el pecho, un gesto que se había convertido en una costumbre, pero el dolor que sentía en el corazón no desaparecía. Melinda estaba en su sangre, en sus huesos, en su alma. Era parte de él y hasta que la recuperase nada valía la pena.

—Maldita sea —murmuró.

—El señor Fontenot me dijo que te encontraría aquí.

Sean se quedó inmóvil al escuchar esa voz, la única que quería escuchar. Lentamente, se dio la vuelta para mirar a la mujer de su vida. Melinda estaba en el umbral de la puerta y el mundo empezó a girar de nuevo sobre su eje. Era como si todo volviese a la vida de repente. Solo con verla era suficiente para que el dolor en su corazón desapareciera, pero él quería más.

—Imaginé que lo haría —consiguió decir, sin dejar de mirarla. Todo en ella era perfecto, desde el cabello oscuro despeinado por el viento a la camiseta roja o las zapatillas de deporte.

Había esperado que fuese a verlo después de hablar con Dominic Fontenot, pero si no hubiera ido lo habría hecho él.

—No te has ido de la isla —dijo ella, dando un paso adelante.

–No, claro que no.

–¿Por qué me has hecho creer que te habías ido?

–Estaba dándote tiempo para que te calmases –admitió Sean, pasándose una mano por el cuello.

–¿Cuánto tiempo pensabas estar alejado de mí?

–No podía esperar mucho más, te lo aseguro –respondió él. Y, mirándola, no podía entender cómo había estado lejos tanto tiempo–. Si no hubieras venido, habría ido a buscarte esta misma noche.

Melinda esbozó una sonrisa.

–Pensaba irme a finales de semana.

–¿Dónde?

–A Long Beach, a buscarte.

Sean respiró profundamente.

–¿Ah, sí?

–Creí que estabas allí.

Él dio un paso adelante, mirándola a los ojos.

–Te quiero, Melinda. Y nunca te abandonaré.

–¿De verdad?

–De verdad.

–Pero echas de menos tu casa. Yo sé que…

–Tú eres mi casa –la interrumpió él, abriendo los brazos.

Melinda se echó en ellos, sin pensar, deseando tenerlo cerca.

–Te quiero tanto –susurró. Y Sean la estrechó contra su pecho, agradecido como nunca por esas palabras.

–Han sido los tres días más largos de mi vida.

–¿Has estado aquí todo el tiempo? ¿En el hotel de mi abuelo?

–Sí –respondió él, besando su cuello, su cara, buscando sus labios–. Y ha sido un infierno.

–Me alegro mucho porque también lo ha sido para mí.

–Esa es mi chica –Sean soltó una risotada–. Si uno de los dos sufre, los dos sufrimos.

–Exactamente –asintió ella, echándose hacia atrás para mirarlo–. Lo siento mucho. Te dije que quería saber la verdad y cuando me la contaste te di la espalda.

–Podría habértelo contado de otra manera –Sean tomó su cara ente las manos y cuando ella suspiró, el suspiro se clavó en su corazón.

–Estaba enfadada porque me habías escondido lo de Steven «por mi propio bien».

–Y lo siento mucho. No es que pensara que no podrías soportar la verdad, es que no quería hacerte daño.

–Lo entiendo. Pero nada de secretos a partir de ahora, ¿de acuerdo?

–Nada de secretos –asintió él–. A partir de ahora, solo la verdad. Empezando ahora mismo: te quiero tanto que voy a necesitar una extensión de nuestro acuerdo matrimonial.

Melinda sonrió.

–¿Durante cuánto tiempo?

–Creo que para siempre.

–¿Eso es todo? –bromeó ella.

–Para siempre y dos meses más –dijo Sean–. ¿Qué tal suena eso?

–Suena maravilloso –respondió Melinda–. Y ya que estamos siendo sinceros: te quiero, Sean King. Más de lo que había creído posible amar a nadie. Y no voy a dejar que te eches atrás. Tenemos un acuerdo y hay que cumplirlo.

–Es la mejor noticia que podrías darme –asintió Sean, apretándola con tanta fuerza que podía notar los latidos de su corazón. Se sentía entero por primera vez en su vida y debía darle las gracias a aquella mujer asombrosa–. Pero hay algo que quiero enseñarte.

Sin soltarla, abrió un cajón del escritorio del que sacó unos bocetos.

–¿Qué es esto?

–Nuestra nueva casa –respondió Sean–. Nada de vivir en hoteles. Rose me ha enseñado a cocinar un poco…

–¿Una casa? –lo interrumpió Melinda.

–Quiero construirla en la playa, donde hicimos el amor por primera vez –dijo él, señalando el dibujo–. Mira, este será tu taller. Tiene mucha luz natural…

–Sean… –volvió a interrumpirlo Melinda, emocionada–. ¿Has hecho esto por mí?

–Lo he hecho por nosotros.

–Pero tu casa en California… pensé que querías volver allí.

Sean sonrió.

–Ya te lo he dicho: mi casa está donde tú estés y Tesoro es tu casa.

Los ojos de Melinda se llenaron de lágrimas, pero su sonrisa era la de una mujer feliz.

–Te quiero tanto… –murmuró–. La casa, el taller. Todo es tan precioso.

–Lo será si tú estás en ella. Sin ti no tengo nada.

Melinda tomó su cara entre las manos para mirarlo a los ojos, sintiendo una felicidad que no había sentido nunca.

–Contigo lo tengo todo –le dijo.

Sean la tomó en brazos para llevarla a la cama y ella supo que no había ningún otro sitio en el mundo donde quisiera estar.

DIANA PALMER

Sutton - Cuando su esposa lo abandonó por otro hombre, Quinn Sutton dejó de confiar en las mujeres. Sin embargo, poco imaginaba que volvería a enamorarse cuando tuvo que acudir al rescate de su atractiva vecina, Amanda Callaway.

Ethan - Arabella Craig se había enamorado de Ethan Hardeman siendo una adolescente, pero él no la había correspondido. El destino volvió a unirlos, aunque lo que no esperaba ella era que Ethan le pidiera que fingieran tener un romance.

Ethan - Arabella Craig se había enamorado de Ethan Hardeman siendo una adolescente, pero él no la había correspondido. El destino volvió a unirlos, aunque lo que no esperaba ella era que Ethan le pidiera que fingieran tener un romance.

Eran duros y fuertes... y los hombres más guapos y dulces de Texas. Diana Palmer nos presenta a estos cowboys de leyenda que cautivarán tu corazón.

¡YA EN TU PUNTO DE VENTA!

Acepte 2 de nuestras mejores novelas de amor GRATIS

¡Y reciba un regalo sorpresa!

Bianca.

Un Ferrara no debería acostarse nunca con una Baracchi aunque hubiera mucho en juego

Para su frustración, Santo Ferrara nunca olvidó la noche que tuvo entre sus brazos a la ardiente Fia Baracchi. Cuando un acuerdo millonario les volvió a unir, mantener las distancias dejó de ser una opción.

Pero Fia estaba viviendo una mentira. Si se llegara a descubrir que su precioso hijo era el heredero de Santo sería repudiada. El conflicto entre sus familias era legendario, pero su verdadero miedo era no poder olvidar los ardientes recuerdos de la única noche que pasó con su enemigo.

Una noche con el enemigo

Sarah Morgan

Un toque de persuasión

JANICE MAYNARD

Olivia Delgado había sido abandonada por el hombre que amaba, un hombre que nunca existió. El multimillonario aventurero Kieran Wolff se había presentado con un nombre falso, le había hecho el amor y luego había desaparecido. Seis años después, no solo había regresado reclamando conocer a la hija de ambos, sino también intentando seducir a Olivia para que volviera a su cama.

La pasión, aún latente entre ambos, amenazaba con minar el sentido común de la joven. ¿Podría confiar en él en esa ocasión o seguiría siendo un lobo con piel de cordero?

Siempre supo que ese día llegaría